KB021924

2013
수 상
작 품 집

거짓말이야
거짓말

초판1쇄 인쇄 2012년 12월 20일
초판2쇄 발행 2013년 1월 10일

지은이 주수자 외
편집인 황충상
펴낸이 윤영수
펴낸곳 문학나무

출판등록 1991년 1월 5일 (제300-1991-1호)
주 소 110-809 서울시 종로구 동숭 4나길 28-1 예일하우스 301호
전 화 02-3676-4588 | **팩스** 02-3673-4577
이메일 mhnmoo@hanmail.net

스마트소설 박인성문학상

거짓말이야
거짓말

2013 수상
작 품 집

문학나무

스마트소설,
박인성문학상
취지문

스마트소설박인성문학상은 소설가 박인성의 작가세계를 기리는 계간 『문학나무』와 박인성기념사업회가 우리시대의 뛰어난 스마트소설에게 주는 작품상이다.

소설가 박인성은 『파장금엔 안개』, 『호텔 티베트』, 『봄베이 봄베이』, 『이채영은 잘 있다』 등의 작품을 남겼다. 그는 평소에 "단편 하나를 읽고 나서도 단 5분이라도 '멍'한 상태에 빠지면서 눈이 감겨지는 작품을 만나고 싶다"고 말했다. 이 상은 그 바램을 스마트소설로 구현하고자 한다.

스마트소설이란 짧은 형식 안에 깊은 내용을 담으려는 픽션의 다른 이름이다. 『문학나무』는 손 안의 컴퓨터인 스마트폰을 겨냥하는 새로운 소설을 파종하여 품격 있는 차세대 문학의 지평을 열고, 작금의 범람하는 디지털문화와 넘쳐나는 매스미디어 홍수 속에, 신뢰 가능하며 유의미한 중심추가 되기를 희망한다.

계간 『문학나무』가 제안하는 스마트소설은 문학의 미래를 열어가는 전위가 될 것이다. 따라서 스마트폰에 들어가는 스마트소설은 첨단성을 갖는다. 분량이 짧고, 소통의 속도가 빠르고, 당대의 현실에 민감하다. 쌍방향 문화를 담보할 이 스마트소설의 질적 발양을 위해서 『문학나무』는 깊은 통찰과 실험적 기법, 명징성과 간결미가 담긴 새로운 문체를 갈구한다. 시대의 담론과 핵심 사안들을 정면으로 다룰 당대성 있는 작품을 갈구한다. 이는 치열한 작가정신을 갈구한다는 말에 다름 아니다.

스마트소설박인성문학상은 박인성기념사업회가 제정하고 계간 『문학나무』가 주관한다. 『문학나무』는 박인성문학상 작품집 발간과 더불어 우리시대의 문학 범위를 넓히는 불꽃 역할을 다할 것이다.

스마트
소설론

목하(目下) 현대인들은 하나의 종교에 빠진 광신도들이 되어
가고 있다. 그들은 거의 매순간 똑같은 물건을 손에 쥐고 그것
을 쳐다보고 또 쳐다본다. 일, 놀이, 인간관계 등이 모두 그 손
안의 물건을 통해 이루어진다. 그 물건이란 다름 아닌 손바닥
컴퓨터라고 할 수 있는 스마트폰이다. 이 물건을 향한 숭배열
은 나날이 뜨거워져, 누구도 부정할 수 없는 오늘날의 대세이
다. 지하철에만 올라도 스마트폰이라는 새로운 물신에 경배
를 바치지 않는 사람을 찾아보기란 너무나 힘든 일이 되었다.

  지금 우리는 문명사적 변환의 시기에 처해 있다. 인쇄문
화가 주류이던 시절은 지나가고 대중영상매체가 문화를 주
도해 나가고 있다. 더군다나 SNS(Social Network Service) 시대
에 각 개인은 각자가 정보의 공급처이자 수신처가 되어 가는
놀라운 일이 벌어지게 되었다. 몇 개의 버튼만 눌러도 우리
는 수많은 사람들과 즉시 소통할 수 있는 것이다. 이전과는
상상할 수도 없는 속도로 정보가 생산되고, 또 그만큼이나

놀라운 속도로 그 정보는 폐기될 운명에 처한다. 이러한 문화적 환경은 고독이나 느림 혹은 내면을 본질로 하는 문학에 대해서는 적대적인 성격을 지닐 수밖에 없다. 문학이 점차 문화의 변두리고 밀려나고 힘을 잃어가는 것 역시 이러한 문명사적 변환과 무관하지 않다.

　달라진 문화적 환경을 맞이하여 생각할 수 있는 문학의 미래는 크게 두 가지이다. 첫 번째는 문학만이 수행할 수 있는 그 고유한 권능을 수호하는 태도이다. 한때 많은 이들에게 사랑받았지만 오늘날은 소수의 독자에게만 뜨거운 사랑을 받는 클래식 음악처럼, 문학 역시 문학을 통해서만 가능한 힘을 고독하게 사수하면서 그 영예로웠던 시절의 유산을 견지하는 것이다. 이것은 아름다운 퇴각을 전제로 한 태도라 할 수 있다. 두 번째는 좀 더 공세적인 태도로 달라진 전자 환경 시대에 어울리는 방향으로 문학을 변화시키는 일이다. 이를 통해 기존의 문학이 지닌 권능의 일부를 양보하는 대신 새로운 문학적 가능성을 확보하는 것이 가능할 것이다. 스마트소설이란 바로 후자의 입장에서 문학의 미래를 더듬어 보는 방법이라고 할 수 있다.

　스마트소설은 오늘날 현대인들의 눈과 귀를 사로잡고 있는 스마트폰과 소설의 결합을 시도하는 새로운 변환의 문학 장르라고 할 수 있다. 온갖 것들이 스마트폰이라는 마술상자와 결합되는 이 시절에 소설만이 결합하지 못할 것이라고 생각하는 것은 그리 타당해 보이지 않는다. 물론 스마트폰과 소설의 결합은 의지만으로 이루어지지는 않는다. 스마트폰은 스마트폰대로 소설은 소설대로 지닌 고유한 성격이 있기 때문이다.

둘의 만남을 위한 조건으로 생각해 볼 수 있는 것은 크게 세 가지이다. 우선 고려해야 할 점은 적절한 분량이다. 스마트폰의 화면은 컴퓨터 화면보다 훨씬 작다. 또한 스마트폰을 통해 긴 분량의 문자를 접하고자 하는 사람은 많지 않을 것이다. 따라서 스마트소설은 독자가 짧은 시간에 완독이 가능한 분량이 적당하다. 원고지 10매 내외, 길어야 30매 이내의 분량으로 압축되어 있을 때, 인쇄된 소설을 접하던 독자들보다는 훨씬 짧아진 호흡을 지닌 독자들의 구미를 맞출 수 있을 것이다.

두 번째로 스마트소설은 무엇보다 압축미와 간결미를 지녀야 한다. 잘 만들어진 광고 카피가 수천마디의 말보다도 더한 힘을 발휘하듯이, 스마트폰에 들어간 소설은 짧은 분량 안에 문학이 지닌 통찰과 혜안을 담아내야 할 것이다. 이를 위해서는 각종 실험적인 기법이 총동원될 수밖에 없다. 또한 압축미와 간결미를 위해서는 문체상의 혁신도 이루어질 수밖에 없다.

　마지막으로는 강렬한 시사성을 지녀야 한다는 점이다. 본래 문학은 현실에 대응하는 속도가 그다지 빠르지 않다. 창작에 있어서나 수용에 있어서나 문학의 속도는 여타의 문화 매체보다 느리다. 그 느림을 통하여 문학은 훨씬 깊고 넓게 세상을 바라볼 수 있었던 것이다. 그러나 스마트폰을 이용하는 사람들은 기본적으로 빠른 소통을 원한다. 따라서 이들과의 만남을 위해서라면 문학적 통찰의 일부를 잃더라도 당대 현실에 좀 더 신속하게 반응할 필요가 있다. 당대의 핵심적인 시사 문제에 대하여 스마트소설은 적극적인 자세로 반응할 필요가 있는 것이다. 이럴 때만이 거의 실시간으로 정보의 소통이 이루어지는 SNS 시대에 문학은 소통의 양적 측면을 확보할 수 있을 것이라 생각한다.

　그럼에도 끝내 포기할 수 없는 것은 문학적 품격이다. 스마트소설의 방점은 결코 '스마트'에만 찍혀서는 안 된다. 스마트에 찍어진 방점은 똑같은 힘과 농도로 '소설' 위에도 찍어져야 한다. 그럴 때만이 산토끼를 쫓으려다가 집토끼마저 잃는 어리석음을 피할 수 있을 것이다. 스마트소설은 이제 첫발을 떼었다. 여기 수록된 27편의 작품들은 스마트소설의 미래가 결코 어둡지 않음을 증거하는 사례들로 부족함이 없다. 스마트소설이 문학의 미래를 열어가는 하나의 전위가 되기를 진심으로 기원해 본다.

차 례

심사평

26편의 스마트소설 중에 우리의 마음을 사로잡은 것은 백수린, 주수자, 천정완의 작품이었다. 백수린의 소설은 헐크 호건이라는 미국 프로레슬링 선수를 등장시킨 작품이다. 짧은 분량에 맞게 압축과 상징의 밀도가 매우 높다. 그리하여 몇몇 대목은 시와 같은 느낌을 주기도 하는데, 이 느낌이 오히려 매력적이다. 한 영혼이 세상과 마주치는 접점의 첫 순간을 무지막지한 힘의 상징인 헐크 호건을 통해 적절하게 표현하였다. 감히 말하건대 무척이나 문학적인 작품이다.

주수자의 작품 〈거짓말이야 거짓말〉에는 백남준을 흠모하는 고양이가 화자로 등장한다. 나쓰메 소세끼의 〈나는 고양이로소이다〉가 잘 보여주듯이, 동물 화자는 적지 않은 문학적 효과를 불러일으킨다. 이 고양이를 통하여 백남준이 얼마나 뛰어난 아티스트인지 그리고 얼마나 진정한 자유를 목마르게 갈구했는지가 잘 나타나 있다. 안정된 호흡과 단아한 문장의 힘이 무엇보다 돋보이는 작품이었다.

천정완의 〈육식동물〉은 그야말로 날카로웠다. 너무나 날카로워 문학의 경계 위를 위태롭게 걷는 작품이다. 선명한 이분법을 바탕으로 진정한 악의 문제를 집요하게 파고드는 자세가 진지하였다. 스마트소설이 줄 수 있는 강렬함이 무엇인지를 잘 보여주는 작품이다. 무엇보다 이 육식동물이 특정한 개인을 의미하는 수준에 머물지 않고, 인간의 보편적인 문제로 승화되고 있는 점을 높이 평가하고 싶다.

이 중에서 심사위원들이 마지막까지 고심한 작품은 주수자의 〈거짓말이야 거짓말〉과 천정완의 〈육식동물〉이었다. 각각의 개성이 뚜렷하여 우열을 가리는 작업은 너무나도 힘든 것이었다. 힘든 논의를 거쳐 주수자의 〈거짓말이야 거짓말〉를 당선작으로 결정하였다. 그리고 보니 주수자의 작품이 형상화한 백남준이라는 치열한 아티스트와 스마트소설이 지니는 첨단성이 서로 잘 어울린다는 심사위원의 지적도 수상작을 선정하는 데 유효하였다. 수상을 진심으로 축하드리며, 나머지 후보작 작가들 모두에게도 문운이 계속되기를 간절히 기원한다.

심사위원 | 정현기 이경재 황충상

수상소감

이것은 혼자의 사건이 아니라고 생각합니다. 절대 저 혼자 부른 노래가 아닙니다. 박인성이라는 이름의, 한 번도 만나보지 못했던 낯선 남자가 가졌던 꿈의 이어감입니다. 현실에서는 독서회 회원들의 보이지 않는 우애와 그동안 읽었던 책들의 선대예술가들에 의한 공덕이겠습니다. 그들이 함께 모아준 힘이 저라는 보잘 것 없는 풀꽃에 맺히게 된 것입니다. 들판의 풀꽃이 태양과 바람과 물방울로 인해 공짜로 피어나듯, 우연히 그 지점에 섰다가 이렇게 피어나게 되었습니다.

너무도 귀중한 이름들은 너무도 귀해 함부로 드러내기 쑥스럽습니다. 그러나 분명 예술가란 탐험가이자 미래를 여는 자이며, 프로메테우스처럼 다수에게 찬란한 불빛을 선사해야 한다는 것을 마음 깊이 기억하고 있습니다. 박인성 선생님께서 미처 부르지 못했던 노래와 아름답고 맑은 꿈들이 밤하늘의 별빛처럼 빛나고 있음을 확신하면서 그분께 감사의 마음을 올립니다.

수상자 | **주수자**

스마트소설
박인성
문학상

수 상 자
주 수 자

거짓말이야
거짓말

인 물
스마트소설
백 남 준

저는 원래 들고양이었어요. 어둡고 으슥한 뒷골목들을 어슬
렁거리는 고양이 말이죠. 털은 무지 더럽고 발톱은 날카롭
고, 야광의 앙칼진 눈빛으로 달밤도 찌를 만하게 번뜩이는
고양이라고요. 고급 레스토랑의 쓰레기통을 탐하고 뉴욕커
들이 내버리는 빵부스러기로 연명하는 별 볼 일 없는 고양이
였죠. 이젠 아시겠죠? 저 같은 놈들은 수없이 수없이 많아요.
어느 대도시나 휘이, 뒤돌아보면 무수히 널려 있어요. 그래
도 재즈나 오페라 따위는 듣고 지내요. 그러니 촌스러운 고
양이라고 우습게 여기진 마세요. 가끔 꿈도 꾸죠. 고양이가
무슨 꿈을 꾸냐고요? 옛날옛적산신령호랑이었을 때의 꿈을
꿔요. 그때의 저는 신성했고 당당했고 노란 털 무늬를 가졌
으며 신의 전달자였죠. 전 지금도 이따금 내 안에서 어홍, 울
리는 소리를 듣지요. 언제냐고요? 먹이를 못 찾아 방황할 때
들려와요. 암고양이를 못 만날 때도 그 소리가 들려요. 절박
하거든요. 사실 그래봤자 소용없는 일이지만요. 고양이 주

제에 제가 너무 제 이야기를 많이 했네요. 사실은 제가 모셨던 주인 이야기를 하려고 했던 것인데……

  무엇부터 말해야 될까요. 내가 그를 만났을 때요 아니면 이별하게 되었을 때를 말해야 되나요. 모든 것이 만나고 헤어진다는 것은 동물이면 모두가 겪는 일인가 봐요. 나도 그와의 만남에서 '제행무상'이란 걸 알게 된 셈이죠. 그에게 물어보면 아무 쪽이나 상관없다고 하실 겁니다. 늘 자신은 직선으로 흐르는 시간을 살지 않는다고 했거든요. 무슨 말이냐면요, 그는 절대적으로 자유롭게 살다 간 분이란 말이죠. 허기사 누구는 그를 국가란 경계를 초월한 유목민 종족이라고 불렀지요. 누구는 동서를 자유롭게 주물럭거렸던 정체불명의 도사였다고 하고요. 누구는 예술과 기술의 장벽을 허물었던 기괴한 예술가들의 추장이라고 했어요. 누구는 미친 짓만 골라서 하는 건달이자 사기꾼이자 미치광이라고도 하고요. 아무튼 간에 이런저런 말들이 무지 많았어요. 그는 그 모든 레벨에 흥! 하고 아랑곳하지 않았지만요.

  공교롭게도 나의 주인은 그믐에 세상을 하직하셨어요. 밤이 달을 홀딱 삼켜버리고 태양도 올해는 끝! 이라고 선언하는 때에 숨바꼭질 놀이하듯 사라지셨죠. 바로 음력 십이 월

삼십 일 날이었어요. 거짓말인지 아닌지 인터넷에서 찾아보세요. 생전에도 그는 달과 함께 살았어요. 언제나 달을 끼고 만지작거리고 사랑하고 파괴하고 전적으로 달 아래 살다갔어요. 이태백이 질투할 만큼이나! 그믐달이면 바닥에 드러누워 빈들거렸고 보름달이 되면 꼬박 밤을 새워 작품을 만들었죠. 사람들은 늘 그를 오해했어요. 그가 심각한 얼굴로 말해도 웃기만 했었죠. 그가 사실 웃기려 한 건 아니랍니다. 오히려 진지했어요. 더듬대며 이방인의 언어를 구사하기에 바쁘기도 했거든요. 그가 작품을 세상에다 내놓을 때면 사람들은 미치광이가 또 장난을 치는구나, 하고 비웃었어요. 지금이야 천재네 뭐네, 우상화들 하지만 그가 살아있을 적엔 그렇지 않았어요. 경찰에 체포되기도 했었죠. 노숙자로 오인되기도 했구요. 그러나 지금 인간을 포로로 삼고 있는 TV를 보세요. 도시 여기저기서 번쩍이는 대형 TV의 숲을 보시면 대번 알거예요. 그가 얼마나 혁명적이고 미래적이고 앞서서 우리 시대를 보여주려고 애썼나를 말입니다.

지구의 연인인 달을 좋아했지만 주인은 명왕성도 좋아했어요. 거기서 메시지를 받곤 했으니까요. 그래선지 파괴하는 것도 좋아하셨죠. 한 손엔 칼을 다른 손에 해골을 들고 있는 칼리의 여신처럼 그는 망치를 들고 지루하고 진부하고 전형적인 모든 것들을 부숴버렸어요. 바이올린의 허리가 우지

끈, 했고 활의 아름다운 머리칼이 잘려나갔죠. 예술 세계를 틀에 박히게 하는 건 뭐든지 한번쯤 흔들어봤지요. 사람들은 코웃음을 쳤죠. 저 동양 놈이 웬 지랄이지? 하고 째려봤지만 그래도 다시 한 번 생각해본 사람들도 있었다고들 해요. 그는, 예술은 거짓말이야, 순전히 사기이다, 라고 제게 말해주셨죠. 정말 그런지는 아직은 고양이라서 잘 모르겠어요. 하지만 그런 진실을 솔직히 말해주는 사람은 사실 거짓말쟁이는 아니라고 믿어요.

아참, 제가 왜 그를 주인으로 섬기게 되었는지 말씀 안 드렸지요? 이제 말씀드리죠. 허기진 밤들을 지내며 비참했던 어느 날 저는 독약 먹은 쥐를 먹고 버둥대며 길바닥에서 뒹굴고 있었어요. 뒷골목의 어둠 속에서 누군가가 어슬렁어슬렁 걸어오고 있었죠. 뭔가를 기웃거리는 눈치였어요. 처음엔 그가 노숙자인 줄만 알았죠. 그는 불쌍한 저를 보자 우뚝 섰죠. 다짜고짜 저를 거꾸로 매달고는 대나무 막대기로 치더라고요. 전 금방 기절했죠. 깨어나 보니 온몸이 떨리더라고요. 독이 퍼진 쥐는 이미 튀어나와 있었고요. 응급처치로 절살려 주신 거였어요. 정신을 차린 저는 그의 꽁무니를 따라갔죠. 무의식적으로 그런 거였어요. 당연히 그는 저를 받아들일 마음이 없었고요. 저 역시 그 누구를 주인으로 모시려는 의도는 없었어요. 시간의 신인 운명이 그렇게 만들었을 뿐이랍니다.

그 후 그가 고양이인 저를 안쓰럽게 쳐다보며 말했어요. '너도 호랑이임에 틀림이 없다. 그런 소리를 듣고 그런 꿈을 꾸는 것을 보면 그런 거야.' 라고요. 제가 고양이로 몰락하게 된 것은 인간과 문명의 탓이라고 했어요. 주인은 잘 때 보면 정말로 호랑이였어요. 드르렁드르렁 코를 고는 대신 으르렁, 으르렁 백호의 숨소리를 뿜으면서 잠을 잤어요. 깨어날 때도 영락없이 호랑이 기지개를 켜며, 이거 참 오늘이 또 왔네, 하며 일어났죠. 그리고는 어슬렁어슬렁 호랑이의 위엄 있는 걸음으로 뉴욕의 거리로 나가죠. 속으론, 무슨 기발난 퍼모먼스로 사람들을 놀라게 할 만한 게 없을까, 번쩍 정신이 들어 깨어나게 할 만한 짓거리를 해볼까, 하면서요. 어떻게 그가 그랬는지 아냐고요? 저는 그 후 내내 그와 함께 지냈으니까요. 어쩌면 그가 혼자 중얼거렸는지도 몰라요. 제가 엿들었는지도…… 하지만 분명히 인간들에게 솔직히 말하지는 않으셨어요. 인간종을 믿지 못했거든요. 그렇다고 동물을 믿은 건 아녜요. 동물은 인간보다 순진하고, 단순하니까요.

그가 죽었을 때 뉴욕의 골목마다 고양이들이 무리를 지어 울었어요. 누군가 먹이를 줄 사람이 사라졌기 때문만은 아니었어요. 아직도 여전히 뉴욕에는 달빛 받은 고양이들이 그를 그리워하며 득실거리며 배회하고 있어요. 서울도 그런가요? 거기도 호랑이는 이젠 사라졌겠죠? 주인님이 이곳에 있는 고양이들에게 남긴 업적은 엄청나요. 우선 우리는 담대한 호랑이처럼 사는 걸 배웠거든요. 얼마든지 당당하고 신나게 유희하며 살 수 있다는 것을요. 비록 쓰레기를 먹고 있더라도 달빛 아래 호랑이의 기억을 잃어버리지 않으면서 말이죠.

호랑이도 적응하지 못하는 부분이 있다는 걸 부인할 수는 없네요. 우선 돈이 없었고요. 그리고 사람들의 공격과 핍박과 몰이해가 심했어요. 숲도, 밀림도, 야생적이고 근원적이며 자연스러운 것들도 서서히 사라져버렸죠. 이젠 야생동물은 동물원에만 있을 수밖에요. 아무리 아름답고 위대한 호랑이라도요! 정말 슬픈 일입니다! 망조입니다! 때론 고양이 신세가 낫구나, 할 때도 있다고요. 한때 저도 영원한 잠을 자고 싶었어요. 슬픔이 말도 못했거든요. 그러나 동물은 자살하지 못하죠. 비루한 목숨을 참아보자고 마음먹었어요. 적어도 주인의 진정한 모습을 증거할 때까지는! 내가 보고 듣고 느낀 것들을 야옹, 외쳐보자고 작정했죠.

그는 한계 없는 이방인이었어요. 정말 미친 달이었고, 한국산 호랑이였죠, 진실로 예술가였습니다, 물론 나의 스승이었고요. 나는 그의 이름을 백남준이라고 기억하고 있어요.

그가 왜 그토록 달을 좋아했는지 모르겠어요. 이젠 저도 달밤이면 웃음을 흘리며 마법으로 타오르는 달 속을 항해하고 있답니다. 주인을 따라서지요. 거기엔 나의 영원한 주인이 장난끼 가득한 미소를 짓고 절 부르거든요. 달이 지구보다 커지거나 또는 달 항아리처럼 작아지거나 할 때, 거기에 있는, 달의 존재와 더불어 살다 간 나의 주인과 그의 하인인 고양이를 생각해주세요.

주수자

서울 출생, 서울미대 졸. 2001년 『한국소설』로 등단.
소설집 『버펄로 폭설』 『붉은 의자』와 시집 『나비의 등
에 업혀』, 2인 시집 『반투명유리가 있는 풍경』이 있다.
0330sue@hanmail.net

스마트소설
박인성
문학상

수상자 신작

주 수 자

부담 주는
줄리엣

인 물

스마트소설

줄 리 엣

잠깐만! 하고 내가 소리쳤다. 그리고는 재빨리 그녀를 붙들었다. 내 손이 쑤욱, 4차원 공간으로 침입해 들어가는 것 같았다. 줄리엣의 손에 든 단검이 가슴팍에 꽂히려는 순간이었다. 깜짝 놀란 그녀가 소리 나는 쪽으로 고개를 돌렸다. 나는 급박하게 말을 쏟아냈다. 의도와는 다르게 내 말이 빗나가는 것을 느끼면서.

"자기는 지금 우리들에게 여러모로 부담주고 있어요!"

줄리엣의 입술이 잠시 씰룩거렸다. 그때다, 싶어 나는 마치 잘 겨눈 총구에서 튀어나온 총알처럼 말을 쏟아댔다. 현대인의 말은 그렇게 스피드가 있다는 듯이.

"사랑 때문에 죽으면 어떡해요?"

그녀는, 그게 무슨 말이죠, 진실한 인간이라면 사랑을 위해 죽는 게 당연하잖아! 하는 당혹스런 얼굴로 나를 쳐다보았다. 나도 당황하지 않을 수 없었다. 그래서 하루에 오십여 명이나 자살하는 시대에… 약간 책임의 문제가… 하고 윤리적 이슈를 들먹거리려고 했다.

"음, 그건 말이죠, 우리 사회에선 지금 자살의 행위가 전염병처럼 퍼지고 있거든요."

하지만 왠지 윤리보다는 철학이 담긴 논고가 더 설득력이 있다고 감지한 나는 방향을 돌렸다.

"한 남자 때문에 목숨을 버리는 건 뭔가 좀…? 더구나 죽는다고 문제가 해결되는 것도 아니고……."

(그토록 사랑하던 로잘린을 하룻밤만에 청산해버린 로미오의 과거를 감안하고, 둘의 사랑이 일주일도 채 안 되는 기간이라는 것도 넘어가고, 젊은이들의 사랑은 마음속에 있지 않고 눈과 눈의 부딪힘에 있는 것 같다는 로런스 신부의 말 따위는 생략하더라도!) 과연 그는 당신의 삶을 포기할만한 순수한 영혼의 남자였을까요? 라는 질문을 하고 싶었지만 내 혀는 입안에서 꾸물거리고만 있었다.

「도대체 당신은 누구시죠?」

그녀가 처음으로 입을 열었다! 가히 아름다운 꽃잎 입술이었다. 반하지 않을 수 없는!

"아, 으, 음, 전 그저 독자입니다. 솔직히 말하자면 아름다운 그대가 죽는 걸 도저히 볼 수 없어 참견하게 된 겁니다. 책읽기에서 독자란 그냥 방관자로 있는 것만은 아니니까요. 그렇지 않습니까? 책이 우리를 바꿀 수 있듯이 독자도 책의

깊이 정도는 바꿀 수 있다고 생각하는데요?"

줄리엣은, 그게 무슨 궤변인지 모르겠네요, 하는 듯이 눈을 내리깔며 등을 돌렸다. 섹스피어가 한 묘사를 그대로 인용해보자면, 줄리엣의 몸뚱이는 작은 배처럼 혼란의 태풍에 휘말려 위태롭게 흔들렸고, 바다같이 푸른 그녀의 눈에는 눈물이 썰물과 밀물을 이루고 있었고, 한숨은 폭풍처럼 사나워지고 거칠어졌다. 당장이라도 죽음의 나락으로 떨어질 것만 같았다.

"어, 어, 잠깐요! 줄리엣 양."

독자인 나는 조금이라도 시간을 벌려고 그녀의 옷자락을 붙잡았다. 물론 안개를 쥐듯 뭔가가 스르르 사라지고 빈 손에는 아무 실체도 느껴지지 않았지만! 나는 내가 혹시 꿈을 꾸고 있는 게 아닌가 의심했다. 하지만 두 손바닥에는 네모나고 딱딱한 책이 굳건히 놓여 있었으며 그 안에는 분명히 그녀가 있었다.

"오히려 사는 게 고통이겠죠, 하지만 누구나 그렇게 살아가요. 인간은 수인이니까요…."

나는 허겁지겁 서둘러 논리와 변명을 번갈아가며 둘러댔다. 사랑도 실연도 해봤지만 그것은 인생에 있어 하나의 국면일 뿐, 고비를 넘기면 괜찮을 거라고……. 줄리엣은 어떤 대꾸도 동요도 보이지 않았다. 나는 헉, 숨을 내쉬었다. 흐트러진 지성과 감성을 모아 내가 겪은 사랑과 배신과 자살시도와 실패를 그녀한테 털어놓았다.

구시렁구시렁 구질구질한 디테일까지 주절주절.

마침내 줄리엣은 먼먼 후대라도 내려다보는 듯, 로미오의 시체를 바라보면서 고요한 어조로 내게 말했다.

「그건 한 개인의 좌절에 불과해요. 로미오와 저는 달라요.」

줄리엣이 슬프게 말했다. 그리고는 다시 로미오의 단검을 잡았다. 나는 그녀를 멍하니 바라보았다.

「우리는 상징으로 남아야 하는 운명이죠. 두 가문의 원수의 상황을 풀기 위한, 희생양으로 죽어야만 하는 거였죠. 다른 도리가 없는…. 낭만적인 사랑의 죽음이 아니랍니다. 그건 어쩌면 오해이고 곡해이자 왜곡인지 몰라요. 어찌해서 우리가 현대인에게 사랑의 상징으로 남게 되었는지 모르지만요. 그래요. 세상이란 상징으로 이루어져 있죠. 그리고 인간이란 그 상징을 살아가는 거고요.」

"네? 뭐라고요……? 삶과 죽음과 사랑이 모두 상징이라고요?"

인간의 삶이 온통, 또한 인간사의 모든 것이 결국 상징이라는 그녀의 말이 이마를 치고 갔다. 그 순간 나는 당장 입을 다물지 않을 수 없었다.

스마트소설
박인성
문학사

후 보 작
곽 정 효

첫 수사
안토니오
코레아

인   물
스마트소설
안 토 니 오
코 레 아

카를레티 수사의 마지막 여행지는 그리스의 메테오라 수도원이었다. 배에 처음 몸을 실었을 때의 기억들은 공포로 인해 얼어붙었다. 그러나 마지막 정착지였던 메테오라의 수도원은 시간이 지날수록 또렷해졌다. 신과 그 어느 곳보다 가까운 곳, 메테오라는 좁고 가파른 계단, 줄사다리나 도르래 없이는 오를 수 없는 절벽 위에 있었다.

늘어져 있는 줄사다리를 보는 순간, 아! 숨이 멎었다. 절벽, 아찔한 곳에서 줄사다리를 오르고 있는 사람은 바로 남원이라는 그 소년이었다. 자신의 가슴을 가리키며 남원이라는 말을 반복했었다. 그를 처음 만난 곳은 마카오였다. 항상 다른 네 명의 소년들과 함께 있었다. 그도 역시 안토니오처럼 다섯 명을 묶어 한꺼번에 파는 노예 상인에게서 헐값에 팔렸을 것이었다. 그림자처럼 주변을 맴돌고 있는 서양인들은 일본에 여러 차례 드나들며 무역으로 부를 축적했고, 그 맛을 못 잊어 위험을 무릅쓰고 마지막, 마지막 하며 바닷길에 오르는 상인들이었다. 임진왜란으로 챙기게 된 뜻밖의 수입이 노예였다. 과부도 있었고 간혹 젊은 남자도 있었지만 특히 아이들이 많았다. 모두 부모를 잃고 어쩔 줄 몰라하다 노예 상인에게 붙잡힌 전쟁 고아들이었다. 거저와 다름없는 헐값이었다. 동남아와 유럽에 넘기면 이익이 상당했다.

카를레티 수사는 안토니오와 다른 네 명의 아이들을 노예로 사지 않았다. 그가 주머니에서 꺼낸 것은 자비였다.

카를레티 수사는 인도에 도착하자마자 고아원부터 찾았다. 네 명의 소년들을 고아원에 맡겼다. 웬일인지 카를레티는 안토니오의 손만은 놓지 않았다.

인도에서 배가 떠날 때 보니 남원 일행은 서양 남자 몇 사람과 함께 배에 오르고 있었다. 함께 내렸던 소년 두 명이 보이지 않았다. 인도에서 팔린 모양이었다.

배가 출항하면 보이는 건 시퍼런 바다뿐이었다. 두려움과 불안은 끝이 없었다. 남원은 잠시 갑판 위에서 운동을 하다가 서양 사람들과 함께 다른 공간으로 사라지곤 했다. 그의 마지막 모습이 사라지고 난 모퉁이에 몇 가닥의 밧줄이 늘어져 있었기 때문에 줄사다리에 매달린 사람이 바로 그 남원인 것처럼 보였을까. 자세히 보니 수사 한 사람이 줄사다리 마지막 칸을 버리고 수도원 안으로 들어가고 있었다.

카를레티 수사는 독실한 수사들이 발견한 평안의 세계를 보기 위해 십 년 여행의 마지막 장소로 그곳을 찾았을 것이었다. 안토니오는 만일 그때 그 수도원을 찾지 않았더라면 수도원에 계속 머물지 않았을지도 모른다는 생각을 하곤 하였다. 어린 아이의 모습을 벗고 세상을 다른 눈으로 바라보기 시작할 때였다. 언제고 갈퀴를 던질 것만 같은 사람들, 서로를 노려보고 있는 골목, 바다 못지않게 두려웠던 마을과 도시들을 저 아래 두고 내려다 볼 수 있었다. 처음으로.

카를레티 수사의 작업실에서 그 절벽 위의 수도원을 다시 보았다. 삶의 의미와 영원한 신에 관한 명상에 잠겨 있는 곳, 하늘과 땅 사이에 있는 엄숙한 공간…… 카를레티의 손끝에서 다시 태어난 수도원이었다. 카를레티 수사는 그림을 통해 신의 세계로 들어가는 중이었다. 카를레티는 정성껏 그린 그림을 수사들의 방마다 하나씩 걸어 주었다. 평화를 비는 마음으로, 매일 바라보면 수도에 도움이 될 것 같은 그림을 걸어 주었다.

동양에서 피렌체까지 오면서 보았던 바다와 도시, 사람들이 그의 손에서 그림이 되어갔다. 안토니오가 비정하다, 참혹하다 느꼈던 모습들이 뭔가 조금 다른 느낌들을 가지고 하나씩 다시 살아났다. 울부짖음 속에도, 처절한 고통 속에도 카를레티의 붓이 지나가면 고개를 드는 것들이 있었다.

수사님도 저 못지않은 사시인 것 같아요.

가끔 찾아와 카를레티의 그림 앞에 앉아 있곤 하는 렘브란트가 말했다.

그런가? 약점을 가졌다는 것이 꼭 나쁘기만 한 건 아니야. 어쩌면 유리하게 태어난 건지도 모르지. 남과 다른 시선이 화가에겐 좋은 것일 수 있으니까.

카를레티는 고개를 끄덕이며 웃었다.

수사님의 내면을 꿰뚫는 시선이 부러워요. 종교적 권능을 펼쳐 보일 수 있는 붓도 부럽고요.

안토니오는 렘브란트가 부러워하는 것이 무엇인지 알 것도 같았다.

자네는 나보다 강한 사시 아닌가? 자네의 탁월한 빛 처리가 초상화를 원하는 부자들을 사로잡을 거야. 그러나 자네의 사시가 자네를 가만두지 않을 걸.

렘브란트가 돌아가고 나서 카를레티가 의자를 내밀었다. 안토니오는 카를레티 뒤에 있는 화병에 눈을 고정시키고 반듯하게 앉았다. 카를레티의 붓이 지나가면 죽은 줄 알았던 것들이 숨을 쉬게 될지도 모른다는 기대가 등을 꼿꼿하게 세웠다. 카를레티는 있는 그대로 그릴 것이다. 그럼에도 다시 태어날 것이다. 본디 하느님이 만들어 놓은 형체가 있었을까? 살아간다는 것은 그 보이지 않는 선을 채워나가는 걸까?

자신의 초상을 받아 들고 돌아서는데 목이 메었다. 지난 시간들이 수도원 긴 복도를 걷는 동안 한 발 다가서다 물러나기를 반복했다.

이미 소년이 아니다. 1597년, 피가 내(川)처럼 흐르는 참혹한 전쟁 가운데 서 있던 어린 아이가 아니다. 노예 상인들의 채찍 앞에서 부들부들 떨던 겁먹은 아이가 아니다. 구원의 손인 줄도 모르고 카를레티 수사의 손에서 자꾸 몸을 빼려들던 때 묻은 손이 아니다. 하느님의 집에 들어서서도 어둠만 바라보던 눈이 아니다. 보이는 것만 보는 눈이 아니다. 그러나 이 얼굴 어디에 내가 있는가? 가혹했던 어린 시절이 여전히 이마를 덮고 있다. 두렵고 의심 많은 어둠을 끌어안고 있다.

안토니오는 자신의 초상을 창이 있는 벽, 키보다 조금 높은 곳에 걸었다. 침대에 누워 잠들기 전에 한 번씩 바라볼 수 있는 자리였다.

안토니오는 남원이 자신을 찾아 수도원마다 뒤지고 있을 줄은 꿈에도 몰랐다. 일본에서 배를 타고 오는 동안 잠깐잠깐 만났을 뿐인 인연을 기억하기에는 너무 어리기도 했지만 기억하고 싶지 않았다. 남원이 이름이 아니라 그가 자란 고향이라는 것을 알고도 남원이라 불렀다. 그는 자신의 이름을 알고 있었지만 박진우라는 그 이름을 버렸다. 자신을 지켜주지 못한 하늘에 던지고 왔다고 말했다. 키워준 이탈리아 상인을 아버지라 부르고 그가 준 이름을 썼다. 그래서 그도 안토니오였다. 고려가 붙어 안토니오 코레아가 되었다. 두 사람은 같은 이름을 가졌다. 적어도 운명의 얼마만큼은 같은 거라는 생각이 들었다. 운명이 두 사람에게 같은 이름을 주었다면 앞으로 그 이름이 두 사람을 어떻게든 묶어 놓을 것 같기도 했다. 수도원에 공급되는 물건들을 싣고 그가 찾아왔을 때 가슴 깊은 곳에서 울컥 올라오는 것이 있었다. 남원도 안토니오를 보자마자 울음을 터뜨렸다. 전생이 이어지는 느낌이었다.

남원은 속세와 단절된 안토니오를 속세로 끌어내고 싶어 했다. 어쩔 수 없이 수도원에 들어오게 된 거 아니냐는 거였다. 노예로 팔리는 어린 소년을 마침 지나가던 수사님이 사서 풀어주었고 너무 어려서 안쓰럽고 한편 귀엽기도 해서 유럽까지 데리고 와 수도원에서 키운 아이, 그 아이가 수사가 되는 게 당연한 수순인 것 같지만 자신의 생각은 다르다는 것이었다. 너 하나쯤은 먹여 살릴 수 있으니 아무 걱정 말고 나가자고 큰소리도 쳤다. 카를레티 수사를 찾아가 그동안 보살펴 준 것에 진심으로 감사한다, 앞으로 두고두고 은혜를 갚겠노라고도 했다.

수도원은 세상의 빛이라는 말을 남원은 알아듣지 못했다.

수덕적 영성의 가치를 인정하는 사람들은 드물지.

바오로 수사가 남원을 보며 웅얼거리다 닦고 있던 촛대를 놓쳤다. 촛대는 바닥에 떨어져 날카로운 소리를 냈다. 바오로는 얼른 일어나 그 자리에 입을 맞추고 무릎을 꿇어 용서를 구했다. 안토니오는 어렸을 때 포크를 떨어뜨린 후 수사들이 용서를 구하는 모습에 감동을 받았었다. 남원은 저런 식으로는 세상을 살아갈 수 없다고 고개를 돌렸다. 저런 식으로 살면 남의 밥이 될 뿐이라는 말끝에 어린 아이들조차 지키지 못해 노예로 팔려가게 했던 조상들이 바로 저런 식이었다며 얼굴까지 붉혔다.

끈질기게 안토니오를 세속으로 끌어당기는 남원이 못마땅할 수도 있었다. 그러나 카를레티는 물론 프란치스코 원장도 바오로도 오히려 환대했다. 환대는 수도원의 정신이기도 했다.

카를레티 수사는 안토니오에게 물었다. 어떻게 살고 싶으냐고. 너의 뜻이 이곳에서 나가는 것이라면 존중해 줄 것이고 도울 수 있으면 도울 것이라고.

안토니오는 수도 없이 자신에게 물었다. 그때마다 멀리 메테오라의 수도원이 보였다. 수도원을 공중으로 들어 올리고 있는 절벽들. 날카로움을 딛고 안으로 들어서면 마룻바닥에 꿇어앉는 겸허한 수도승들…… 카를레티, 프란치스코, 바오로……그들 옆에 앉아 있는 자신을 만나면 평화로웠다. 남원은 그 평화는 거짓이라고 말했다. 무책임, 도피, 감옥이라는 말까지 썼다.

넌 다른 세상을 보지 못해서 그래. 한 번도 바깥세상을 살아 보지 못해서 이것만이 삶인 줄 아는 거야.

안토니오는 그가 진심으로 걱정하고 진심으로 이끌고 싶어 한다는 것을 알고 있었다. 그러나 자신을 이 자리에 있게한 것은 카를레티도 아니고 수도원장 프란치스코도 아닌 것은 분명했다.

남원은 포기하지 않았다. 가까워오고 있는 종신 서원을 설마, 하는 마음으로 기다리고 있었다.

어느 날 카를레티가 안토니오, 너도 한 번 해보지 않겠느냐고 물어왔을 때 손이 떨렸다. 드로잉이 시작되면서 허드렛일이나 주방일보다 카를레티의 작업실에서 더 많은 시간을 보내게 되었다.

물론 선이 중요하지. 대상에서 형체, 비례, 질감 등을 관찰해서 단색 선으로 형태를 창조해내지. 그러나 선으로 대상의 형태를 그대로 옮겨 그리는 기술이 중요한 건 아니야……그래, 그렇게 하면 되는 거야. 지금 안토니오 너의 마음속에 가라앉아 있는 것들이 하나씩 밖으로 나오기 시작했어.

카를레티는 조금씩 이끌었다. 몇몇 수사들은 안토니오의 손에도 신이 주신 힘이 있다고 말했다.

안토니오가 장작 패는 일을 마치고 작업실에 들어서니 카를레티가 팔짱을 끼고 안토니오의 그림을 보고 있었다. 종신서원을 앞두고 꼭 그려보고 싶었던 예수상들이었다.

자네 그림엔 독특한 세계가 있어. 앞으로는 채색을 해보게.

카를레티가 옆자리를 내주었다. 직접 만들어 쓰는 푸른색의 물감까지. 안토니오는 카를레티의 물감을 축내고 싶지 않았다.

내가 물감은 얼마든지 구해다 줄 테니 실컷 그려봐라. 이 수도원에서 나오면 넌 아무것도 안 하고 그림만 그리며 살게 해주마.

보호자 노릇을 하고 싶어 안달인 남원은 올 때마다 물감을 가져왔다. 안토니오는 남원이 가져다주는 물감을 더 이상 사양하지 않았다. 남원은 내, 주는 것이 받는 것보다 기쁘기는 처음이다. 하며 싱글거렸다.

안토니오는 예수상을 수도 없이 그리고 있었다. 다시 예

수 앞에 앉았다. 몸을 가진 예수는 다 옆으로 제쳐놓았다. 그
러다가 생각을 바꾸었다. 바탕으로 삼을 생각이었다. 흐릿
하게 몸 선을 화폭 가득 그려 넣었다. 자세히 보지 않으면 형
체를 확인하기 어려울 정도로 흐릿하게. 아직 오지 않은 시
간들을 희거나 검게 칠하고 싶었지만 하늘에 가까운 색으로
대신했다. 구름을 조금 깔고 멀리 날아가는 물체도 보일 듯
말 듯 넣었다. 화폭의 주인은 무엇인가를 감싸고 있는 손들,
떠받들고 있는 손들이었다. 마치 안개가 짙게 깔린 날, 안개
를 헤치고 숲길을 걷다 보면 뿌리에서 꽃송이까지는 안개에
묻혀 보이지 않고 꽃송이만 허공에 떠있는 것처럼 보이듯이
손들은 빈 공간에 불쑥불쑥 드러나 보였다.

붓을 놓았을 때 그림을 구경 온 수사들도, 남원도 고개를
갸웃했다.

예수상을 그린다더니? 천사의 날개도 아니고 불쑥 나타난
저 손은 뭔가? 저 큰 손은 카를레티의 손인가? 작은 손은 네
손이고? 꼭 그리고 싶었던 것이 이 손들이란 말이지? 혹시 자
네를 동양에서 이곳 피렌체까지 데려온 신의 손 아닌가? 어
쨌든 그림을 이렇게 그리다니 새로운 시도인 건 분명하군.

안토니오의 속마음을 가장 잘 아는 바오로 수사는 그림 앞
에서 서성대기만 할 뿐 말을 아꼈다.

그래, 이 손들이 모두 누군가를, 무엇인가를 탄생시킬 손

들이란 말이지? 자네가 그를 탄생시키길 기다리며 기도하겠네. 나도 그분을 탄생시킬 수 있도록 빌어주게나.

사람들이 잠깐씩 둘러보고 떠난 후에도 카를레티는 그림 앞에서 떠나지 않았다.

카를레티의 말을 어떻게 알아들었을까? 남원이 그림을 바라보며 중얼거렸다.

그러니까 결국 이 감옥 같은 곳에서 평생을 살겠다는 거로군.

곽정효

성균관 대 사학과 졸업. 2010년 『문학나무』 등단.
1990년 『월간문학』 시 등단. 시집 『소리의 바다』와
『음악 미나리 상상』이 있다.

후 보 작
구 자 인 혜

느티나무

인   물
스마트소설
이 호 철

그는 아침마다 4km를 걷고 틈틈이 물구나무를 선다. 물구나무를 서면 직립의 육신은 물론 복잡한 사유도 거꾸로 통하면서 단단히 뭉쳐 있던 옹이들이 스스로 길을 낸다. 물구나무를 서면 사르륵사르륵 모래 떨어지는 소리가 들린다. 모래시계 같은 그 소리에도 중독성이 있는지 그의 귀는 절로 열리고 입가에 미소가 피어난다. 해서 그는 더욱 자주 신체의 모래시계를 뒤집는다.

신체 말단에 붉은 얼음이 날카롭게 박히던 한겨울, 총알이 빗발치는 전선을 뚫고 월남하던 그때부터 외로움과 고단함은 예견되어 있었다. 부두 노동자로 공장 잡부로 후미진 세상을 찾아다니던 구겨진 젊은 날의 우울까지도……

땅도 거짓말을 하지 않지만 삶도 거짓말을 못한다. 혈혈단신으로 우주에 내던져져 두려움으로 혹은 고독으로 수확한 알갱이들은 그만의 지문이었다.

떠나온 고향은 그리움이며 빚이다. 갚을 수 없는 빚은 잊어버리게 되어 있다. 그는 하루살이의 절박함으로 인해 그리운 만큼 잊혀지는 고향이 두려웠다. 두려워서 끄집어낸 고향이다. 사람의 허리만 허리인가. 나라의 허리도 허리다. 그는 끊어진 하체에서 상체를 이야기했다. 기억은 기억을 물고 온다. 그의 기억과 현재는 뫼비우스의 띠처럼 물고 물리며 분단이 준 아픔을 상기시켰다.

첫 소설 '탈향'을 발표하고 받은 원고료로 그는 느티나무 묘목을 샀다. 느티나무가 외롭지 않게 소나무와 물푸레나무 묘목도 함께 샀다. 고향집 뒷산에 빽빽하던 갈참나무 묘목도 몇 그루 더 샀다. 느티나무는 저 혼자 잘 자랐다. 나무는 숲을 이루며 자연스레 주변에 스며들었다. 나무는 무리를 이룰 때도 보기 좋지만 홀로 우뚝 할 때 더 번듯하다. 작업실 앞에 따로 심어놓은 느티나무는 우뚝하면서도 넉넉하게 사방에 손을 뻗었다. 그는 자신이 느티나무를 닮아 가는지 느티나무가 자신을 닮는지 알 수 없었다.

그는 살아온 만큼, 경험한 만큼 글을 썼다. 상징과 비유도 마찬가지였다. 그가 표현하는 단어는 긍정과 부정의 중간, 풍요와 척박함의 중간적 뉘앙스를 풍겼다. 남과 북 어느 쪽에도 치우치지 않은 시선을 가진 그는 남쪽의 분열과 북쪽의 폭력을 풍자와 야유로 자유롭게 표현했다.

그의 화두는 언제나 '분단'이다. 젊은 시절부터 턱수염이 더부룩한 오늘날까지 두고 온 고향과 떨어져서 보는 고향에 집중되어 있다. 그의 고향은 이제 본질적으로 많은 거리가 생겼지만 여전히 파내고 헤집고 들여다보는 그에게 누군가 물었다.

"이호철 선생님, 선생님은 고향이 원산이니 북한에 대한 생각이 남다를 수 있겠지요. 하지만 남한 경제가 이렇게 어려운데 북한을 받아들이는 건 시기상조 아닐까요?"

"물론 지금은 어렵지. 하지만 누군가 돌다리를 놓아야 하잖겠어. 그것이 작가가 하는 일이지. 시류에 혹하지 않고 담담하게 시간을 감당해내는 작품들, 감당해낼 뿐만이 아니라 새록새록 빛을 발하는 작품을 써야지. 그러려면 멀리 봐야 하는 것이 작가이지. 결국 남는 것은 진솔한 작품들인 거야."

북한에서 내려온 탈북자가 2만 3천 명이 넘는 시점에서 북한의 현실을 누구보다 잘 알고 있는 그이기에 누군가 나서서 고향을 껴안아야 한다면 그 일을 하겠다고 담담히 말한다. 해를 향한 나무의 향일성처럼 변함없는 그의 고향앓이는 이제 우리나라를 벗어나 일본에서 미국으로 나아가 유럽으로 확장되고 있다. 누구보다 폭넓은 독자층을 가졌기에 유럽까지 사인회를 다니느라 그야말로 동분서주한다.

'느티나무 숲'에서 만난 그는 팔십대 청춘이었다. 번뜩이는 안광에 찔리는 줄 알았다. 상대를 안온하게 감싸는 편안한 목소리에 대비되는 눈빛이었다. 분단과 체제를 넘어서고, 남녘과 북녘을 건너뛰어 더 넓고 깊은 세계에 든 듯 알 수 없는 차원의 눈빛에 영광이 올 날은 언제인지…… 기도하는 마음이 되었다.

'느티나무 숲'에서 만난 그는 팔십대 청춘이었다. 빈
이는 안광에 찔리는 줄 알았다. 상대를 안온하게 ㄷ
는 편안한 목소리에 대비되는 눈빛이었다. 분단과 ㅊ
를 넘어서고, 남녘과 북녘을 건너뛰어 더 넓고 깊은
계에 든 듯 알 수 없는 차원의 눈빛에 영광이 올 늘
언제인지…… 기도하는 마음이 되었다.

구자인혜

서울 출생, 2008년 동서커피 문학상 소설부문 금상
수상. 『월간문학』으로 등단. 작품집 『낯선 것에 능숙해
지기』, 공저 『어머니의 정원』.

스마트소설
박인성
문학상

후 보 작

김 병 덕

초록의 피가
흐르고
있어

인 물
스마트소설
외 계 인

"거다지배마녀오루드저바미나어로두그머니"

또 지긋지긋한 잔소리. 이 우주선의 베테랑 조종사인 나에게 '투어리닛닙쟉'은 구시렁거리기 일쑤이다. 광활한 우주를 무사고로 유영하고 마침내 목적지인 지구에 진입한 최우수 요원에게 말이다. 게다가 지금은 공 하나에 승패가 엇갈리는 절체절명의 순간이 아닌가? 스코어는 4-3, 9회말 투아웃 주자 2, 3루……, 한 방이면 내가 사랑하는 롯데 자이언츠의 역전 우승이 확정된다. 5만 광년이나 떨어진 '비매나어' 행성에서 원정 응원 온 나의 간절함을 그는 아랑곳하지 않는다.

아무려나 우리는 지금 경기가 한창인 야구장의 한가운데에 있다. 열광하는 무수한 관중들과 선수들의 역동적인 플레이를 그저 지켜보면 된다. 기체(機體)의 발광 제한 장치는 이미 가동했고, 소음 감속기에도 만전을 기해 우리의 존재를 지구인은 결코 알아차릴 수 없다. 우리는 그저 하늘에 붕 떠있기만 하면 되는 것이다.

"딱!"

대타로 나온 롯데 타자의 배트에서 경쾌한 소리가 울렸다. 나는 얼른 공의 궤적을 좇는다. 공은 로켓처럼 하늘로 높이 솟구친다. 아쉽지만 장타가 나오기는 어렵다. 2루쯤에서 플라이 아웃될 공산이 큰 타구이다. 그런데 공은 좀처럼 낙하하지 않는다. 얼마만큼이나 중력에 반하려는 것일까. 선수나 관중 할 것 없이 구장의 모든 사람들이 하늘만 쳐다보고 있다. 목이 아파 목운동을 하는 관중도 꽤나 될 만큼 공은 여전히 하늘로만 치솟고 있는 모양이다.

"까아아앙!"

시야에서 사라진 공이 다시 나타나기만을 기다리다 나는 그 거친 파열음을 들었다. 갑자기 동체가 기우뚱거린다. '투 어리닛닙쟉'의 다급한 외침. 나는 얼른 조종 버튼을 조작하려 했는데 몸은 되레 기체 밖으로 튕겨나간다. 죽을지도 모른다는 생각이 든 것도 잠시, 의식이 가물가물해진다. 급격한 기압차 때문일 것이다. 이제 어떻게 되는 거지?

내가 추락한 곳은 외야 전광판 아래의 쓰레기통 근처였다, 가 아니라 근처였다고 한다. 내가 겨우 정신을 차리고 눈을 뜨자 청년은 그렇게 말했다. 태블릿 피씨를 무릎에 받치고 무언가를 열심히 두들겨대던 그는 연이은 나의 신음 소리에

느릿느릿 고개를 돌린다. 그 많던 사람들이 다 빠져나간 그 라운드에는 괴괴한 정적으로 가득하다. 그는 괜찮냐는 식의 의례적인 말도 없이 지긋한 눈길로 나를 바라본다. 승패는 어떻게 되었을까? 또 '투어리닛님쟉'은 어떻게 되었을까? 사방을 둘러보아도 그는 보이지 않는다. 우리가 타고 온 〈바미내아러〉호도 없기는 마찬가지이다. 그나마 다행이다. 유에프오(UFO)니 뭐니 하며 우리에게 필요 이상의 호기심으로 가득한 지구인들에게 일체의 흔적을 남기지 않은 것은 잘한 일이다. 1947년 미국의 로즈웰에 불시착한 우리의 비행선 사건 이후 이들은 얼마나 호들갑을 떨어대고 있나? 역시 '투어리닛님쟉'은 나보다 유능한 조종사임에 분명하다. 그 위기의 순간에 사태를 잘 수습해, 지구 반대편으로 유람을 떠난 것이 틀림없다. 심술궂게도 나만 여기에 남겨놓고서 말이다.

청년은 나에 관한 어떤 질문도 없다. 지구인 두 배 크기의 머리와 눈, 거의 없다 싶게 가라앉은 코, 역삼각형의 얼굴형 등등 나의 외모에는 관심조차 없는 듯하다. 청년은 그저 자신이 하던 일에 몰두할 따름이다. 그러다 청년은 무심히 입을 연다. 눈은 조명마저 다 꺼진 그라운드로 향해 있다.

"저는 소설가가 꿈이에요. 혹시 소설 아세요, 소설?"

물론 잘 알고 있다. 우리가 지구인들에게 물려준 여러 문명 중 하나가 문자언어의 총화인 소설 아닌가? 이 미련퉁이

들은 그것이 〈신화-서사시-로망스-소설〉의 순으로 발전
해 현재에 이르렀다고 믿지만, 그것은 우리가 전해준 문화유
산들 중의 하나에 불과하다. 그 옛날 내가 선조들로부터 들
었고 또 당시의 누군가들이 끊임없이 지어내 젊은 우리들을
매료시켰던 그것. 바로 그 고리짝의 유물을 저작하기 위해
청년은 텅 빈 운동장에서 고투하고 있다.

"부끄럽지만, 저는 외계인이 등장하는 소설을 쓰고 있어
요. 그런데 쓰면서도 사실 외계인이 있는지 없는지 확신이
잘 안 서요. 아저씨, 외계인은 있을까요? 외계인도 사람 인
자를 쓰니 어쨌든 있다면 인간이 분명하겠죠?"

'아들아, 너희 인간이라는 종은 신의 창조물도 아니고, 하
등한 어떤 종이 진화해 된 것도 아니란다' 하고 말하려다 나
는 그만둔다. 가뜩이나 소설로 고심하는 청년에게 혼란만 가
중시킬 듯해서이다. 분명한 것은 너희들이 바로 우리의 후손
이라는 사실이다. 지금의 너희들로서는 상상조차 할 수 없는
머나먼 별에서 아주 오래전에 이주한, 그래 너희들 말로 외계
인이 지구에 착륙해 인간이라는 종의 씨앗을 뿌렸다. 그러니
너희들의 붉은 피톨 한가운데로 면면히 흐르는 초록의 피를
잊지 말아라. 끝없는 전 우주에 너희의 형제자매가 열심히들
살아가고 있다는 점도 명심해라. 하지만 나는 여전히 입을 다
물고 있다.

"오늘은 참 이상한 날이에요. 2루수가 충분히 잡을 수 있는 플라이 볼이 하강하다 엉뚱하게 좌익수 쪽으로 떨어져 롯데가 이십 여년만의 감격적인 우승을 했고. 또 뭔가 이상하지만 그렇지도 않은 것 같기도 한 아저씨를 만나기도 했고요. 아저씨와는 뭔가 피가 통하는 느낌이랄까, 아무튼 그러네요……."

'우르더자비매나엉론!'

나는 나지막하게 읊조린다.

"네가 원하는 바를 이루어라"라는 뜻의 우리 행성의 말이다.

"아저씨를 다시 만나려면 어떻게 해야 해요? 왠지 보고 싶을 것 같아서요."

청년이 일어서며 말한다.

'현미경이나 망원경을 자주 보렴. 그러면 나를 만날 수 있을 거야. 아니 어쩌면 네 가슴속 깊숙이 내가 이미 들어앉아 있으니 늘 보고 있는 셈일 수도 있지.' 라고 말하고 싶었지만 나는 그냥 입을 다물고 만다.

나의 묵언에 무언가를 크게 깨달았다는 듯 청년은 고개를 끄덕거린다. 그러고는 이내 작별인사도 없이 자리를 뜬다.

문득 올려본 하늘에 비행물체 하나가 떠있다. 나를 데리러 온 유페프오(Unidentified Flying Object)가 아니라 아이페프오(Identified Flying Object)이다. 거기에서 '투어리닛닙쟉'이 유유히 나를 굽어보고 있다. 머리 위에서 원광이 쏟아진다. 들림을 당하는 성자처럼 나의 몸이 천천히 하늘로 올라간다.

"오늘은 참 이상한 날이에요. 2루수가 충분히 잡을
있는 플라이 볼이 하강하다 엉뚱하게 좌익수 쪽으로
어져 롯데가 이십 여년만의 감격적인 우승을 했고
뭔가 이상하지만 그렇지도 않은 것 같기도 한 아저씨
만나기도 했고요. 아저씨와는 뭔가 피가 통하는 느껴
랄까, 아무튼 그러네요……"

김병덕

2007년 『문학나무』 여름호로 데뷔. 소설집 『지식인의
언어생활』. 경기대, 중앙대 등에서 강의.
topnp@naver.com

스마트소설
박인성
문학상

후 보 작

김 엄 지

잡스가 꿈에 나왔다

인 물
스마트소설
스 티 브
잡 스

투데이, 그는 스크린 앞에 서서, 투데이라고 말했다. 투데이
는 선언에 가까운 어조였다. 그의 프레젠테이션은 '영적인
가래침'에 대한 것이었다. 그는 영어와 한국어를 섞어 연설
했다. 그의 한국어는 서툴렀기 때문에 가래침이라는 단어가
가르침으로 들리기도 했다.

　영적인 가래침이 가능한가? 그는 청중들을 향해, 파써블?
고개를 들어 올려 물었다. 그리고 곧이어 파써블! 스스로 대
답했다. 청중들은 환호와 박수를 쳤다. 나도 환호와 박수를
보냈다. 나는 D-15 좌석에 앉아 있었다. 모든 좌석에 사람들
이 앉아 있었다. 다양한 인종들이 그의 연설을 듣기 위해서
앉아 있었다.

　영적인 가래침이 가능하기 위해서는 무엇이 필요한가?
그는 청중들을 향해 물었다. 그리고 곧이어 혁신이 필요하
다고 스스로 대답했다. 청중들은 환호와 박수를 쳤다. 나도
환호와 박수를 보냈다. 호우! 호우! 환호와 박수가 길게 이어

졌다.

그는 스크린에 일반 가래침 사진들을 띄웠다. 이것들은 몹시 불편하다. 아무리 뱉어도 시원하지 않다. 그러나 영적인 가래침은 다르다. 디퍼런트! 그는 강조했다. 청중들은 그의 말이 끝나기가 무섭게 환호와 박수를 보냈다. 나도 박수와 환호를 보내지 않을 이유가 없었다. 나는 열심히 박수를 쳤다. 손바닥이 아팠다.

영적인 가래침은 매우 편리한 방식으로 이루어져 있다. 누구나 영적으로 가래를 뱉을 수 있다. 어렵지 않다. 낫 디피컬트! 청중들은 어김없이 박수를 쳤고, 나 역시 박수를 쳤다. 박수를 치는 동안에 나는 손바닥이 아파져서 일찍 박수를 멈췄다. 내가 박수를 멈추자 모든 좌석의 청중들이 나를 쳐다보았다. 나는 뒤통수로도 시선을 느꼈다. 청중들은 박수를 치면서 나를 노려보았다. 나는 다시 박수를 쳤다.

단 한 번의 결심으로 가능하다. 그는 영적인 가래침을 직접 시연할 모양이었다. 크아악. 크악. 그는 상체를 부풀려 가래를 끌어 올렸다. 청중들이 숨죽여 그를 지켜보았다. 나는 그의 자서전을 읽지 않았기 때문에 그에 대해서 확신할 수 없었다.

유 노? 유 다이 넥스트 자서전 많이 팔리는 거? 나는 좌석에서 일어나 그에게 물었다. 그는 나의 질문은 신경 쓰지 않고 가래 모으기에 몰두했다. 청중들 역시 가래를 모으는 그의 모습에 집중했다. 그리고 곧 그가 가래를 뱉었다. 과연 많은 양의 가래였다. 그는 개운한 얼굴로 연설을 이어나갔다. 누구나 할 수 있다. 이것만 있다면. 그는 바지 주머니에 손을 넣었다. 그의 바지 주머니에서 어떤 신 아이템이 나올지 모두들 기대하고 있었다. 나는 그의 자서전을 읽지 않았지만 기대되기는 마찬가지였다. 하지만 죽은 다음에 자서전이 팔리면 그게 무슨 소용이에요? 나는 갑자기 울컥해서 울음이 났다. 나는 엉엉 울었다.

김엄지

1988년 서울 출생. 2010년 『문학과 사회』에 단편소설
「돼지우리」로 등단.

스마트소설
박인성
문학상

후 보 작

김 용 태

손끝이
여전히

인   물

스마트소설

공 옥 진

어렵사리 찾은 영상물 속에서 공옥진은 아프다와 힘들다는 말을 반복했고 그러다 춤을 췄다. 불과 몇 분 전까지 거동조차 힘들어 보이던 사람이 일그러진 표정으로나마 미소를 띠며 몸을 움직였다. 연기가 아니었다. 손끝이 살아있었다. 어떻게 고통과 비탄의 춤사위가 환희가 될 수 있는 걸까. 그녀에게 춤은 기쁨이라고 했다. 그 순간 내 머리에 떠오른 이미지는 늪에서 빠져나오기 위한 사람의 몸짓이었다. 바닥에 발이 닿지 않는 곳에 빠지면 몸을 세워서는 안 된다. 보기에는 우스꽝스럽더라도 몸을 눕힐수록 보다 큰 부력이 우리의 몸을 떠받친다. 나는 그녀의 옅은 미소가 아프다는 말보다 아팠다.

동영상을 닫고 창가로 다가갔다. 이틀째 이어지는 가랑비에 거리의 사람들은 우산을 받쳐 들고 다녔다. 비에 젖은 회색 건물들은 그 그림자처럼 짙은 회색을 띠었다. 칠 년 전 스페인에서 열린 국제비보이대회 이후로 처음 찾은 바르셀로

나였다. 좁은 골목들과 다양한 형태의 보도블록들은 여전히 낯설었고 두려웠다. 남은 돈을 탈탈 털어 날아와서일까. 후회와 후련한 기분이 뒤섞였다. 어쩌면 지금 내게 필요한 건 이국의 낯설음이 아니라 휴식일지도 몰랐다. 줄곧 피곤했다. 그 이유가 잠을 자지 못해서도 일이 많아서도 아니란 건 알고 있었다. 나는 피로라는 정신 상태로 도피 중이었다.

　노크가 세 번째 이어졌을 때서야 옆방이 아닌 내가 묵고 있는 객실의 문에서 나는 소리라는 걸 알아차렸다. 그리고 그때서야 나는 만나기로 한 사람이 있음을 떠올렸다.

　"창희. 이게 얼마 만이야."

　스페인 비보이 싸무엘이었다. 그는 지금 묵고 있는 유스 호스텔을 소개해준 이였고 국제비보이대회에서 얼굴을 익힌 사이기도 했다. 싸무엘은 들고 온 종이봉투 안에서 체리와 멜론을 포함한 과일 몇 가지와 바게트, 하몽 따위를 꺼내 식탁 위에 펼쳤다. 칠 년 전과 오 년 전, 합해봐야 고작 오일을 만난 이의 배려치고는 과했다.

　"바쁜 거 아니었어?"

　바르셀로나 공항에 도착해 연락을 했지만 언제 만나자는 답이 없던 싸무엘이었다. 나는 반가우면서도 동시에 피로감을 느꼈다. 눈앞의 이가 싸무엘이 아닌 누구였더라도 마찬가지였을 것이다. 대인기피증이라도 걸린 걸까. 때늦은 사춘기라도 맞은 것처럼 요새는 사람 만나는 일이 꺼려졌다. 싸무엘은 자기 집인 것처럼 자연스레 식사 준비를 했다. 다짜고짜 멜론을 가르더니 먹기 좋게 조각을 내 조각마다 그 위에 하몽을 얹었다.

"창희와 통화할 때는 공연 리허설 중이었거든."

"아직도 춤 춰?"

"응. 창희는 아냐?"

"아니. 마찬가지야."

내가 아직도 춤을 춘다고 말할 수 있는 상황일까. 영 자신이 없었다. 춤을 추고 있는 건 맞았지만 그게 싸무엘이 말하는 춤이라는 생각이 들지 않았다. 나는 여전히 비보이였다. 보이라 하기에는 서른이란 나이가 어색하기는 하지만 말이다. 변한 거라면 스테이지였다. 아니다. 보다 엄밀히 말하면 스테이지 또한 원래대로 되돌아간 셈이었다. 한참 한국 비보이들이 국제대회를 휩쓸며 주가를 올리기 이전으로 말이다. 스페인으로 날아오기 며칠 전까지도 대학로에서 공연을 했다. 그 소식을 듣기 전까지는.

"관광은 좀 했어?"

"전혀."

"왜? 이 근처에도 제법 볼거리가 있는데."

"좀 피곤해서."

　나는 하몽이 올라간 멜론을 입에 넣고 우물거렸다. 멜론 향 속에서도 돼지고기 누린내가 나긴 했지만 비위가 상할 정도는 아니었다. 스페인을 찾은 건 충동적이었지만 목적은 분명했다. 플라멩코. 그러나 정작 바르셀로나에 도착했을 때부터 플라멩코를 보아야겠다는 생각을 차일피일 미루고 있었다. 결심이 틀어진 건 아니었다. 처음에는 단순히 여독으로 인한 피로 때문이라 생각했다. 그러나 이틀째 숙소에 틀어박혀 쉬고 있는 지금에 와서 피로를 운운하는 건 핑계에 불과했다.

　"그럼 일 때문에 온 거야?"

　내가 온 이유를 추측하느라 싸무엘은 송충이처럼 짙은 눈썹을 미간으로 좁혔다.

　"공옥진이란 무용가가 사망했거든."

　"공옥진?"

　검정색 곱슬머리에 구릿빛 피부의 비보이 앞에서 나는 많은 말이 하고 싶은 충동과 동시에 어떤 말도 하기 싫은 피로를 동시에 느꼈다.

　내가 공옥진 여사를 본 건 십 년도 더 지난 일이었다. 당시의 나는 공옥진이란 사람이 누군지도 무엇을 하는 사람인지도 몰랐고 몰랐던 만큼 대학로에서 처음 본 그녀의 공연은 충격이었다. 그러나 그 공연이 처음이자 마지막이었고 나는 이후 공옥진의 공연을 직접 볼 기회가 없었다. 사회자는 그녀의 공연을 1인 창무극이라고 설명했고 옆 좌석의 여자친구는 비밀이라도 속삭이듯 병신춤을 추는 사람이라고 말해주었다. 살풀이춤으로 시작한 공옥진은 사회자의 설명대로 혼자서 노래와 춤, 연기까지 소화했고 여자친구의 말처럼 곱사등이 흉내도 냈다. 그러나 공연을 보는 내내 나는 그 공연이 노래와 춤, 연기 같지도 무엇에 대한 흉내 같지도 않게 느껴졌다. 바다를 본 적이 없는 사람에게 바닷물의 맛을 설명할 때 겪는 난감함과 비슷하다고나 할까. 짜다고 만도 비릿하다고 만도 할 수 없는, 그래서 결국에는 바닷물 맛이라고밖에 표현할 수 없는 그런 공연이었다.

그날 공연을 본 이후 한동안 나는 춤 연습에 몰두할 수 없었다. 내게 춤이란 무엇일까. 그 같은 질문을 전혀 받아보지 않았던 건 아니었다. 그때마다 내 대답은 한결 같았고 확신에 차 있었다. 좋아서요. 오히려 이런 질문에 대해 거창한 답변을 하는 이들을 불신할 정도로 패기어린 시절이었다.

처음 브레이크 댄스를 보았을 때의 나는 춤을 춰야하는 이유니 현실적인 비전 따위를 생각할 틈도 없이 춤에 빠져들었다. 지금 와서 생각해보면 일종의 중독이었다. 알코올중독이나 도박중독에 빠진 이들이 그 이유를 찾지 않듯, 해서 그 종착지가 간경화나 파산이듯 내게 춤이 그랬다. 주로 몸을 거꾸로 세운 채 추는 브레이크 댄스는 대체로 기형적인 자세가 많았다. 어깨가 탈골이 되고 관절통증에 시달리면서도 춤을 멈출 수 없었다. 처음 접하는 에너지 넘치는 춤에 대해 열광하는 이들도 있었지만 가족을 비롯해 가까운 이들에게 가장 많이 들었던 말은 '병신 같다'였다. 처음에는 그 말이 내 춤에 대한 평가 같아 화가 치밀었지만 요즘은 나란 인간에게 향한 말 같아 힘이 빠졌다.

"대단한데. 더 이상 그런 사람의 공연을 볼 수 없게 됐다니 아쉽다."

공옥진의 타계 소식을 듣고 갑자기 어딘가로 떠나고 싶어 이곳에 왔다고 말하자 싸무엘은 감탄과 안타까움을 동시에 표현했다. 나는 공옥진 여사의 소식을 들은 게 스페인에 온 이유인 것처럼 말하면서 플라멩코가 보고 싶어 견딜 수 없었다는 직접적인 이유는 감췄다.

"창희. 저녁에는 뭐할 거야?"

"글쎄. 생각해보지 않았어."

"그럼 저녁식사는 타블라오(tablao)에서 해결하지 않을래?"

내가 고개를 끄덕이자 싸무엘은 다짜고짜 지금 나서자고 재촉했다. 별다른 계획도 없었지만 나는 비를 핑계로 비가 그친 뒤 나서자고 말했다. 그러자 싸무엘이 의미심장한 미소를 지으면 창문을 가리켰다. 비가 그쳐 있었다.

싸무엘이 이끄는 대로 에루살렘길을 따라 걷다 달콤한 냄새를 풍기는 초콜릿 가게들과 과일 시장들을 구경했다. 얼음에 파묻힌 과일주스를 하나씩 사 마시다 도착한 곳은 작은 광장이었다. 아직 바닥이 마르지 않은 상태였으나 비보이들의 공연이 진행되고 있었다. 비보이는 총 네 명이었는데 카세트 하나에 의지해 번갈아가면서 자신의 주특기 기술을 선보이는 식이었다. 한국에서도 종종 무대 공연과는 별개로 연습 삼아 간간히 길거리 공연을 하고는 했었다. 그때가 언제였는지 가물가물했다. 요즘은 클럽 공연만으로도 지쳤다. 국제대회에서 우승한 경력이 있는 팀의 리더였지만 내가 받는 시급은 단돈 만 원이었다.

사인조 중 캡을 쓴 비보이는 풋워크를 밟으며 춤출 자리를 확보했다. 풋워크는 본격적으로 파워무브*에 들어가기 전에 분위기를 띄우는 스타일무브의 일종이었다. 손발을 땅에 대고 엎드린 자세에서 바닥을 짚은 손가락들을 중심축으로 몸을 뒤집어가며 양발을 교차하거나 회전시키는 연속동작이

*브레이크 댄스 용어로 강한 근력과 세밀한 기술을 요구하는 동작이다. 스타일무브 사이에 이어지는 회전기이다.

이어졌다. 교차하는 다리의 무너짐과 튕겨지듯 튀어 오르기의 반복, 그 현란한 다리 동작이 아름다워 보일 수 있는 건 무릎을 접어 하체를 무너트릴 때조차 지면에서 띄운 상태를 유지하는 허리의 라인과 최대한 지면과 떨어져 보이도록 손바닥 대신 상체를 지탱하는 손가락들 덕분이었다.

공연이 끝난 비보이들은 관중들의 박수를 들으며 카세트를 챙겼다. 화끈하게 춤을 출 때와는 달리 흐느적거리는 모습으로 퇴장하는 비보이들의 모습을 보며 나는 내가 춤을 추기라도 한 듯 기운이 빠졌다. 온몸이 기진맥진해질 때까지 춤을 추고 난 뒤에 밀려오는, 피로라기보다는 해방에 가까운 기분. 비유하자면 더 이상 노를 저을 수 없는 곳까지 이동한 뒤 보트 위에 누워 잔잔하게 출렁이는 물결을 느끼는 기분이랄까. 어깨에 기타를 멘 악사가 등장할 때 싸무엘과 나는 광장을 빠져나왔다.

"창희. 좀 이르지만 저녁 먹자."

"벌써? 배고파?"

"왜 배고플 때까지 기다려. 우린 하루에 다섯 끼를 먹어. 창희에게 줄 것도 있고."

내가 쵸리또를 써는 동안 타블라오의 중앙에 마련된 스테이지가 부산해졌다. 칠십은 되어 보이는 노파가 자주색 드레스 차림으로 스테이지 중심에 섰고 기타를 든 중년남자를 비롯해 총 다섯 명의 사람이 그녀를 둘러싸고 의자에 앉았다. 실내조명의 조도가 낮아졌고 노파에게 스포트라이트가 비쳤다. 나는 알 수 없는 긴장으로 목이 타 맥주 한 모금을 넘겼다. 플라멩코였다.

심장박동처럼 느린 박자로 시작된 플라멩코는 시간이 지나면서 격정적으로 바뀌어 갔다. 바닥 전체가 마루로 된 타블라오였기에 늙은 무용수가 만들어내는 구두울림은 의자를 타고 올라와 척추신경을 건드렸다. 비장한 표정의 무용수의 턱에 고인 땀방울들이 건조한 마루에 떨어져 번졌다. 칸테 플라멩코의 쉬고 갈라진 육성이 귀를 긁어내렸다. 싸무엘이 줄 것이라 말했던 게 플라멩코였다는 것과 보여준다고도 들려준다고도 하지 않고 줄 것이라고 말한 이유가 이 때문이었을까.

국제대회에서 두각을 보이자 쏟아지던 관심들이 몇 해만에 증발했을 때 들던 배신감과 허탈함을 견디게 한 힘은 춤뿐이었다. 내가 가진 거라고는 춤뿐이었으므로 그건 선택의 문제가 아니었다. 그러나 단순히 비보이의 생활을 하는 것으로는 한계가 명백해 보였고 브레이크 댄스를 접목한 뮤지컬에 참여했지만 수익배분 문제로 트러블이 생긴 후 그만뒀다. 나는 공옥진의 죽음과 연관된 기사들을 보며 불안했다. 정말 견딜 수 없던 건 내게 있어 춤이 전부가 아닐 수도 있다는 생각이 들면서부터였다. 춤에 평생을 걸었던 이의 죽음을 통해 드러난 진실은 춤의 한계였다. 그녀는 파란만장한 삶을 살며 몇 번이고 삶에 절망했다. 그녀의 춤은 절망의 춤이었고 절망의 몸짓이었다. 절망을 표현하며 그녀는 왜 기쁘다고 했을까.

"칠 년 전 창희가 우리나라에 왔을 때 말했잖아. 플라멩코 보고 싶다고."

"내가 그런 말을 했었어?"

"응. 실은 잊고 있었는데 창희가 공옥진 그 사람 말을 할 때 기억이 떠올랐어."

짙은 그림자가 무용수의 춤을 따라 췄다. 그림자는 표정이 없었지만 대신 무용수의 손끝 움직임 하나 놓치지 않았다. 그림자와 무용수는 서로의 발바닥에서 이어져 머리로 가면서 멀어졌다. 둘은 같은 존재였으나 같지 않았고 연결되어 있었으나 서로 다른 방향을 향했다. 빛과 그림자처럼 둘은 서로를 등졌지만 서로가 필요했다. 절망은 춤이 될 수 있지만 춤이 절망이 될 수는 없다. 다만 우리는 가끔 헷갈린다.

"창희. 어디 불편해?"

나는 고개를 저었다. 그리고 쵸리또를 썹었다. 약간 누린내가 났지만 곱씹을수록 고소했다.

짙은 그림자가 무용수의 춤을 따라 췄다. 그림자는
정이 없었지만 대신 무용수의 손끝 움직임 하나 놓치
않았다. 그림자와 무용수는 서로의 발바닥에서 이
머리로 가면서 멀어졌다. 둘은 같은 존재였으나 겹
않았고 연결되어 있었으나 서로 다른 방향을 향했
빛과 그림자처럼 둘은 서로를 등졌지만 서로가 필요
다. 절망은 춤이 될 수 있지만 춤이 절망이 될 수는
다. 다만 우리는 가끔 헷갈린다.
"창희. 어디 불편해?"

김용태

2012년 『광주일보』 신춘문예 등단. 광주대학교 문예
창작과 및 동대학원 수료.
from2sk2@hanmail.net

스마트소설
박인성
문학상

후 보 작
라 유 경

등뒤의 소리,
배철수

인 물
스마트소설
배 철 수

3

그는 언제나 등뒤에 있다. 한국인이라면 살면서 그를 적어도 한 번 이상 마주친 적이 있을 것이다. 물론 등뒤에서 말이다. 백발과 콧수염, 깊은 주름. 그를 아는 사람은 많지만 실제로 본 사람은 드물다. 시야 바깥에 있기 때문이다. 그가 몇 년 전부터 텔레비전 속에서 등장하긴 했지만 보이지 않는 그가 사람들에게는 더 친근하다. 1990년부터 22년간 매일 같은 목소리로 나타났던 그 사람. 바로 디스크자키 배철수다. 고집스러운 말투, 한글과 영어 발음을 또박또박 전달하는 호흡, 콧수염이 펄럭일 것만 같은 호탕한 웃음. 오후와 저녁의 경계인 여섯 시가 되면 어김없이 들려온다.

사람들의 시선은 스마트폰 화면 속에 고정된 지 오래다. 사람들은 소리보다 영상을 좇았고, 목과 등이 점점 굽으면서 시야도 함께 좁아졌다. 카카오톡의 대화창과 트위터, 페이스북에 실시간 올라오는 타임라인으로 눈 둘 곳이 정해져버렸다. 여기저기서 목소리가 들려오는 것 같지만 정작 글자와 영상뿐 누구의 소리도 나지 않는다. 사람들의 고정된 세계 안에서 화면은 빠르게 움직인다. 사람들의 눈길은 어디에서 어디로 가는 걸까. 그저 좇아가는데 급급할 뿐 방향은 알 수 없다. 그 와중에 뒤에서 느닷없이 들려오는 소리는 낯설게 느껴지기까지 한다. 하지만 이내 익숙한 소리임을 알게 되면 귀를 기울이게 된다. 배철수는 묵묵히 자신의 존재를 라디오를 통해 목소리로 전달해왔다.

버스 안에서, 카페에서, 거리에서 무심코 "배철수의 음악캠프, 출발합니다!"라며 말하는 그의 목소리가 들려오면 내 몸은 저절로 그쪽으로 기울어진다. 주변의 온갖 가벼운 소음들에서 벗어나 든든한 소리에 등을 맞댄다. 나는 그의 목소리와 함께 계절의 변화를 실감한다. 깜깜한 저녁 여섯 시, 밝은 저녁 여섯 시, 붉은빛 석양이 아름다운 저녁 여섯 시. '배철수의 음악캠프'는 어디에선가 우리를 지켜보고 있는 행성 같다. 그만큼 배철수는 한 라디오 프로그램에서 오랜 시간 동안 자리를 지켜왔다. 수많은 팝 스타들이 게스트로 거쳐 갔고, 다양한 이들의 사연이 그의 입을 통해 전달됐다. 단 한 번의 결석과 지각도 하지 않았다는 지난 행적에서 알 수 있듯이 그에 대한 사람들의 믿음은 어둠보다 단단하다. 사람들의 등이 그와 함께 부풀었다 가라앉기를 반복한다.

나는 요즘 그를 눈앞에서 자주 마주친다. 최근 방송 20주

년 기념으로 100장의 명곡과 음반들을 소개한 『레전드 (Legend)』라는 책을 낸 것이다. 그의 말투가 고스란히 전해지는 문장들을 보고 있노라면 그의 얼굴이 저절로 떠오르게 된다. 그가 소개하는 음악들은 모두 오래된 것들이다. 요즘 내 곁에 머무는 것 중 오래된 것은 무엇이 있을까. 결국은 사라지고 새롭게 만들어져 낯선, 적응하기에는 매우 곤란한 것들뿐이다.

며칠 전이었다. 나는 버스정류장에서 전광판을 보며 버스 도착 시간을 확인하고 있었다. 시간은 저녁 여섯 시를 막 넘긴 시간이었고, 버스를 기다리는 사람들이 많았다. 이어폰을 끼고 스마트폰 속 영상을 보느라 바쁜 사람들 틈에서, 나는 멀리서 오고 있는 버스만을 바라보며 가만히 서 있었다. 그때 갑자기 뒤에서 무언가 꿈틀대는 것이 느껴졌다.

"잠깐만요."

고개를 돌려보았다. 뒤에 서 있던 사람이 내 백팩의 지퍼를 잠가 주고 있던 것이다.

"가방 문이 열려 있네요."

언제부터 열려 있던 걸까. 순간, 지퍼가 잠기는 소리가 유난히 크게 들려왔다. 그 손길의 주인은 키가 큰 청년이었다. 청년은 백발도 아니며, 얼굴에 콧수염이 있지도 않았다. 하지만 나는 왠지 청년이 친근하게 느껴졌다. 그는 스마트폰을

들고 있었는데, 나는 그 안에서 들려오는 소리를 들었다. 그
것은 분명 디제이 배철수의 목소리였다. 언제나 등뒤의 공간
을 채워주던 그 소리 말이다.

언제부터 열려 있던 걸까. 순간, 지퍼가 잠기는 소리
유난히 크게 들려왔다. 그 손길의 주인은 키가 큰 청
이었다. 청년은 백발도 아니며, 얼굴에 콧수염이 있
도 않았다. 하지만 나는 왠지 청년이 친근하게 느껴
다. 그는 스마트폰을 들고 있었는데, 나는 그 안에서
려오는 소리를 들었다. 그것은 분명 디제이 배철수
목소리였다. 언제나 등뒤의 공간을 채워주던 그 소
말이다.

라유경

2011년 『한국일보』 신춘문예로 등단.
ygmiss@hanmail.net

스마트소설
박인성
문학상

후 보 작
배 길 남

김제동 씨 덕에 늠름해진 소설가 이병욱 씨를 보라

인   물
스마트소설
김 제 동

소설가 이병욱 씨는 갑갑한 마음에 담배를 피워 물었습니다. 어차피 운전하는 차의 창문은 열려 있습니다. 여름의 열기가 그대로 파고들지만 에어컨 가스가 다 새어버린 차는 창문이 열려 있는 법입니다. 담배 한 모금으로 한숨 쉬듯 갑갑함을 내쫓는데, 그 찰나의 순간도 용서치 않고 애인 어머니의 말씀이 스멀스멀 다시 떠오릅니다.

"내가 이런 말 한다고 나쁘게 생각하지 말아요. 딸 가진 부모 입장은 다 그런 거니까. 서른아홉이면 나이가 작은 것도 아닌데 소설가 말고 다른 일은 하는 게 없어요? 낼모레면 마흔인데 기반이 있어야지. 저축은 얼마나……."

아아~! 병욱 씨는 무척 슬퍼집니다. 물고 있는 담배라도 최선을 다해 피워 없애고 싶습니다. 머릿속에는 '집, 고급차, 저축! 집, 고급차, 저축! 집, 고급…….'하며 같은 단어만 빙빙 쳇바퀴 돌듯 회전합니다. 평론가인 후배가 결혼 후에 병원 심야 알바를 한다며 답답한 심경을 고백한 적이 있었습

니다. 그때 소주를 털어 넣으며 지껄였던 넋두리가 왜 또 생
각나는지…….

"우리도 나름대로 열심히 살았는데 뭐 이렇노? 하필 돈 안
되는 문학한다고……. 남들처럼 돈 버는 길로 갔으면 이 고
생은 안 할 거 아이가?"

한 모금 더 빨려는데 담배의 수명은 이미 다해버려 꽁초가
되어 있습니다. 병욱 씨에게 갑작스런 분노가 밀려옵니다.
'욱'하는 심정에 '에라이, 이놈의 세상!'하고 꽁초를 던지려
는데 순간 누군가의 목소리가 생각나 멈칫합니다.

"제가 두 가지에 '욱'해버리는데 그중 하나가 차 밖으로
담배꽁초 버리는 거예요."

그 목소리의 주인공은 김제동. 병욱 씨와 같은 나이의 연
예인입니다.

그의 얼굴과 그의 목소리가 병욱 씨의 아드레날린을 몇 개
집어 들고 순식간에 사라집니다. 마침 정지 신호라 차를 세
우자마자 뒷좌석에서 빈병 하나를 찾아 꽁초를 집어넣습니
다. 빈병엔 그동안 집어넣은 담배꽁초가 제법 그득합니다.
일그러졌던 병욱 씨의 얼굴이 이성을 찾아갑니다.

13년간의 학원 생활을 접고 오직 신춘문예만을 위해 집중
하던 때가 있었습니다. 돈이란 있다가도 없다고 하지만 어디
로 날아갔는지 훨훨 떠나고 없었고, 어머니의 무릎 병환이

심해져 결국 수술을 해야 하는 형편이었습니다.

그때도 이렇게 '욱'하는 심정에 담배를 피워 물었던 병욱 씨.

창밖으로 담배꽁초를 던지려는데 문득 TV에 나왔던 김제동 씨의 말이 생각났었습니다. TV를 볼 때는 '하늘에 계신 대통령의 담배가 있으실는지 걱정하던 사람이 잘못된 담배 습관 부분에선 대단히 민감하구나.'하고 그냥 지나쳤었는데, 어느 순간부터 그 말이 점점 더 신경 쓰이기 시작했습니다. 결국 병욱 씨는 차에서 담배꽁초를 버리지 않게 되었습니다. 언제부턴가는 그것이 무슨 주술이나 금기라도 되는 양 여기는 것이었습니다. 담배를 차에서 버리면 절대 자신의 목표를 이룰 수 없다고 생각하는 모양이었습니다. 차라리 담배를 끊으면 뭔가 있어 보일 텐데 그런 것도 아니면서 말이죠. 인생 목표 중 가장 중요한 지표로 여기던 신춘문예에 당선되던 날, 그는 실제 김제동 씨에게 감사의 인사를 보내는 것도 잊지 않았습니다. 물론 김제동 씨는 모르고 있겠지만 말이죠.

어쨌든 병욱 씨의 차는 목적지에 도착했습니다. 이곳은 어디일까요? 작년만 해도 희망버스니 85호 크레인이니 하며 시끌벅적했던 부산 영도 한진중공업 앞입니다. '복수노조' 의 탄생으로 힘겨운 싸움을 하고 있는 '금속노조'의 농성 천막이 복수노조의 거대한 플래카드 아래 덩그러니 앉아 있습니다. 이제 소설가로서 열심히 살아가는 병욱 씨는 한 문학 잡지의 코너인 '작가의 눈'을 맡게 되었습니다. 오늘은 그 작업의 일환으로 한진중공업 금속노조 지회장을 인터뷰하러 가는 길이었군요. 그런데 공교롭게도 하필 오늘! 애인 어머니와의 급 만남이 진행되었던 모양입니다. 하지만 늠름한 병욱 씨는 흐트러진 마음을 정리하고 예리한 '작가의 눈'으로 소외되어 싸우는 노동자들을 만나러 천막농성장으로 들어갑니다.

병욱 씨는 인터뷰를 끝내고 남포동의 한 커피숍으로 들어갑니다. 속칭 별다방이란 곳이죠. 그가 주위를 둘러보자 애인이 과외에 쓸 학습지를 펴놓은 채 열심히 공부하고 있는 게 눈에 들어옵니다. 물론 어머니와의 만남에 대한 자체 평가도 준비되어 있을 것입니다. 병욱 씨는 최대한 웃음을 지으며 그녀의 앞에 앉습니다. 일단 두 사람의 가슴에 생채기가 많이 난 상태라 '자체 평가'와 '미래'에 대한 이야기를 하지 않고 서로의 작업에 일단 열중합니다. 1시간여가 지나자 약간 지겨운지 애인이 말을 겁니다.

"오빠, 아이패드로 '피플 인 사이드' 보면 안 돼? 40분쯤 그거 보면 집중이 잘 될 거 같애."

그녀는 백지연 씨의 팬입니다. 병욱 씨는 감옥에 있는 정

봉주 씨의 팬이라 예전 '맞장토론'에서의 백지연 씨의 태도에 대해 약간의 불만을 가지고 있습니다. 하지만 그는 늠름하기 때문에 애인의 요구에 쉽사리 응합니다. 백지연의 인터뷰 쇼인 '피플 인 사이드'의 꼭지들이 소개됩니다. 병욱 씨의 가슴이 점점 요동치기 시작했습니다. 왠지 뭔가 마음에 들지 않았던 거지요. 방금까지도 한진중공업 인터뷰 내용을 녹취하고 있던 중이었는데 여당 의원이나 전 경찰청장의 인터뷰 꼭지가 눈에 들어오자 대번에 늠름함을 벗어던지고 '욱'해버렸던 겁니다.

"여기에 이런 사람들도 인터뷰하나? 내가 지금 뭘 하고 왔는지는 아나? 정말 마음에 안 드네."

병욱 씨의 반응에 애인은 기가 차다는 듯 바라봅니다.

"내가 지금 그 사람들 것 보자고 했어? 또 오빠 그런 태도는 뭐야? 인터뷰는 다양한 사람들 할 수도 있는 거지. 글 쓴다는 사람이 어쩜 그리 편협해?"

'욱'해버린 병욱 씨가 숨겨둔 가시를 결국 펼쳐버립니다.

"뭐? 편협? 너희 어머니는? 딸 가진 입장을 아무리 이해한다해도 사람을 제대로 보지도 않고 돈과 나이만 가지고 반대하시는 건 진짜 편협 아닌가?"

"오빠 방금 우리 엄마 욕한 거야? 아까 만나고 헤어질 때는 나보고 어머니 입장 다 이해한다며?"

"아니, 그게 아니라……, 니가 지금 내한테……, 에이씨! 택도 아인 인터뷰 방송 때문에……."

"뭐? 택도 아닌? 아무리 그래도 내가 좋아하는 걸 그렇게 말할 수 있어? 내가 오빠 때문에 얼마나 힘든지나 알아? 친구 같이 다정한 엄마랑 매일 싸우고, 오빠 앞에서는 눈치나 보고. 지금 오빠 모습이 얼마나 무서운지 알아?"

애인이 갑자기 가방을 챙깁니다. 병욱 씨는 '아차!' 하지만 이미 펼쳐버린 가시를 거둘 길은 없습니다. 밖으로 나가는 애인을 잡아보지만 목소리는 점점 커져만 가고 주위의 시선에 얼굴만 달아오릅니다. 결국 애인은 택시를 잡고 저 멀리로 떠나버립니다. 후회와 분노가 병욱 씨를 감싸옵니다. 아무리 전화해도 그녀는 받지를 않습니다. 띠리링~! 메시지가 하나 날아옵니다.

'오빠, 우리 당분간 만나지 말자.'

멍청히 하늘만 바라보던 병욱 씨가 커피숍에서 짐을 챙기고 주차장으로 갑니다. 70만 원짜리 중고차의 내부는 여름의 열기로 가득 차 있습니다. '차라리 차를 가지고 오지 말걸.' 하는 후회와 애인에 대한 안타까움으로 땀이 비 오듯 흘러내립니다. 시동을 걸어 도로로 나오는데 코끝이 시큰합니다.

'내 안엔 내가 너무도 많아서 당신이 쉴 곳 없네.'

라디오에서 〈가시나무〉라는 노래가 흘러 나왔기 때문입니다. 가사에 100% 감정이입 되는 바람에 눈물이 그렁그렁 고여 갑니다.

'우리집이 조금만 부자라면, 내가 소설만 안 썼다면, 이놈의 세상이 돈돈돈 돈지랄만 안 한다면⋯⋯.'

쓸데기 없이 못난 잔상들이 병욱 씨를 스쳐 지나갑니다. 결국 그는 다시 담배를 피워 뭅니다. 한 모금, 두 모금 피우다 보니 내일까지 마감해야 할 원고가 떠오릅니다.

"인물스마트소설이라⋯⋯."

뭘 써야 할지도 몰라 접으려 했는데 지금 상황이 기가 막히게 들어맞는단 생각이 듭니다. 그러다 보니 쓰고 있던 장편 소설도 생각나고 신문에 연재해야 할 스토리텔링도 생각납니다. 해야 할 건 많습니다. 눈물이 흐르고 아무리 힘이 들어도 몸과 정신은 아직 쓰러질 줄도 모르고 건강하다는 걸 잠시 느낍니다. 가난한 소설가 이병욱 씨는 결혼 과정은 캄캄해도 쓸 건 주구장창 널려 있군요.

담배를 다 피운 병욱 씨가 꽁초를 잠시 바라봅니다. 운전 중이라 밖에 던지고 운전에 집중하면 딱 좋겠군요. 그러나 그는 신호대기까지 끝까지 참았다가 곁에 있던 빈병의 뚜껑을 열고 꽁초를 집어넣었습니다. 김제동 씨의 늠름한 모습이 또 스쳐지나가며 엔돌핀을 뿌리고 가는군요.

'원고료 5만 원!'

오늘 내일 원고를 열심히 쓰면 5만 원이 생기겠지요. 그는 그걸로 차에 에어컨 가스를 넣으려 결심합니다. 에어컨 빵빵한 곳에 있길 좋아하는 애인이 생각나서입니다. 손이 발이 되도록 빌고 그녀를 잡아야 합니다. 이 다음에, 진짜 조금만 뒤에! 장편 대박 터뜨려서 그의 어머니에게도 그녀의 어머니에게도 진짜 잘 할 거라는 엄청난 다짐도 다시 해봅니다. 그녀에게 한 말이 있습니다.

"소설은 내 목숨이고, 너는 숨을 쉬게 해주는 존재야."

어머나, 유치하지만 소설가 이병욱 씨의 현재 목표가 그대로 묻어 있군요. 주행 신호가 다시 들어옵니다. 병욱 씨가 차의 엑셀을 힘차게 밟습니다. 차가 붕붕 떠나가는군요. 이제 그만 따라 가야겠습니다. 그가 언제나 늠름하기를 기대해 봅니다.

독자 여러분도 언제나 늠름하기를!

뭘 써야 할지도 몰라 접으려 했는데 지금 상황이 기막히게 들어맞는단 생각이 듭니다. 그러다 보니 쓰고 있던 장편 소설도 생각나고 신문에 연재해야 할 스토리텔링도 생각납니다. 해야 할 건 많습니다. 눈물이 흐르고 아무리 힘이 들어도 몸과 정신은 아직 쓰러질 줄 모르고 건강하다는 걸 잠시 느낍니다. 가난한 소설가 이병욱 씨는 결혼 과정은 캄캄해도 쓸 건 주구장창 널려 있군요.

배길남

2011년 『부산일보』 신춘문예에 단편소설 「사라지는 것
들」로 등단. 현 부산작가회의 청년문학위원장. 「증오
하지 말고 심수창처럼」 「부산데일리 홀랄라 기획부」
「램프불 옆 에드워드」 등 다수 작품 발표. 현재 장편
『동래부 왜관 수사록』 집필 중.

스마트소설
박인성
문학상

후 보 작
배 상 민

악당의
탄생

인 물
스마트소설
슈 퍼 맨

토크쇼는 오랜만이다. 대기문 앞에 서서 그는 손수건으로 이마의 맺힌 땀을 닦아냈다. 슈퍼맨으로 활약하던 시절에는 이런 토크쇼가 낯설지 않았다. 사람들은 언제나 그를 보기를 원했고 그 역시 사람들 앞에 서는 걸 좋아했다. 심야 토크쇼 사회자가 왜 만날 빨간 팬티를 밖에 꺼내서 입느냐고 물으면 말 같은 정력을 자랑하고 싶어서라고 넉살좋게 둘러대던 그였다.

슈퍼맨이던 그가 사업가로 변신하고 난 후에는 인기가 시들해졌다. 어쩔 수 없는 일이었다. 사업가의 동향 따위가 대중들의 시선을 끌 수는 없는 법이다. 그는 인기를 잃고 돈을 벌었다. 그러나 그가 사업가로 성공하고 나자 다시 토크쇼 섭외가 들어왔다. 지난 몇 년간 세계 경제가 어렵다는 기사가 신문을 도배했다. 어느새 사람들은 성공한 사업가를 슈퍼히어로라고 생각하게 됐다. 그 사이 그도 변했다. 그는 말 같은 정력의 상징이라고 말 같지도 않게 둘러대던 빨간 팬티

따위는 벗어 버리고 VVIP를 위한 정장 브랜드 '브리오니'를 입는다. 미국의 부동산 재벌 도널드 트럼프가 즐겨 입는다는 옷이다. 이제 그는 슈퍼맨이 아니라 클락이라 불린다. 클락 켄트 회장.

소개가 뜻밖에 길어졌다. 사회자는 순전히 클락에 대한 칭송을 읊어 대느라 시간을 끌고 있었다. 대중들의 관심을 끌어 모으기 위한 것이라 해도, 저런 말이 클락을 기분 나쁘게 한 적은 없었다. 클락은 무심결에 뒤를 돌아봤다. 대기실 뒤에는 아무도 없다는 것도, 또 지구에서 그를 어떻게 할 자가 없다는 것도 잘 알고 있는 그였다. 하지만 방송국에 들어서면서 느꼈던 시선이 여기까지 따라붙는 듯 했다.

방송국 주차장에 차를 세우고 내려서던 순간부터 클락은 그 시선을 느꼈다. 그것은 그를 취재하려고 몰려든 기자들 틈을 뚫고 아주 먼 곳에서부터 모스부호처럼 그의 뒤통수를 톡톡 건드렸다. 클락은 눈을 힘을 줬다. 방송국에서 정확하게 대각선 방향에 있는 육십층짜리 빌딩에 한 소년이 서 있었다. 클락은 약간 마음이 놓였다. 누구보다 소년들의 시선을 많이 받아 본 그였다. 영웅을 찬탄하는 열에 들뜬 눈길. 하지만 정작 그들은 클락과 눈이 마주치면 태양을 마주대한 듯 얼굴을 붉히며 시선을 피하곤 했다.

그런데 뭔가 이상했다. 클락을 바라보는 저 소년의 시선에는 아무것도 담겨 있지 않았다. 보기에 따라서는 무관심으로도 경멸로도 분노로도 보일 수 있었다. 마치 짙은 선글라스를 낀 이가 자신을 바라보는 것 같았다. 클락은 불쾌했다. 대체 어떤 녀석이기에 내게 저런 시선을 보내는 것일까. 클락은 아주 잠깐이지만 기억을 더듬어 보았다. 분명히 어디선가 본 듯한 얼굴이었다. 그때였다. 빌딩, 불길, 물 따위의 이미지가 그의 뇌리를 스쳐지나갔다.

번쩍, 카메라 플래시가 터졌다.

클락의 시야가 새하얘졌다. 이어 여기저기서 플래시가 터지기 시작했다. 그는 기억을 떠올리려는 시도를 접어두고 눈을 감았다.

이번 주 '나는 어떻게 돈을 벌었나?'에 나오신 분을 소개합니다. 글로벌 경비보안업체, SG사의 CEO시죠. 클락 켄트 회장님입니다. 객석에서 박수가 터져 나왔다. 클락은 크게 심호흡을 했다. 이제 웃어야 할 시간이다. 클락은 대기실 커튼을 젖혔다. 생각보다 조금 밝은 조명이 쏟아 졌다. 클락은 살짝 눈을 찌푸렸다. 돌아온 슈퍼 영웅입니다. 사회자의 추임새가 이어졌다. 객석에서는 더 큰 박수가 쏟아졌다. 클락은 비로소 자신만만한 미소를 띠며 사회자가 마련한 자리로 향했다.

비록 무대 위에 마련된 세트지만 클락이 앉은 소파는 안락

했다. 최고 회사의 CEO들을 초청해서 이야기를 듣는 자리
인 만큼 소파는 은은한 광택이 도는 물소 가죽 재질이었다.
새 가구에서 나는 특유의 향에 클락은 기분이 좋아졌다. 소
파만큼이나 고급스러운 테이블을 사이에 두고 사회자가 앉
았다. 이마가 반쯤 벗겨진 푸근한 인상의 사내였다. 그는 자
기계발서 『부자들의 습관』이라는 책으로 꽤나 이름을 날리
고 있었다. 잘 지내셨는지요? 사회자는 의례적인 인사를 건
넸다. 클락은 부드러운 미소를 띠며 고개를 끄덕였다.

첫 번째 질문입니다. 당신은 원래 신문사 기자였습니다.
그런데 해고를 당했지요? 네. 전임 대통령 시절이었습니다.
클락은 몸을 살짝 뒤로 젖히면서 무릎 위에 손을 모았다. 그
가 이런저런 실정을 거듭하면서 여론이 악화될 때였지요. 태
평양에서 우리의 잠수함 한 척이 침몰하는 사건이 발생하지
않았습니까? 언론에서는 이 나라를 증오하는 테러집단의 공
격으로 몰아갔습니다. 정부는 나라가 위기 상황이라고 규정
했고 곧이어 정부를 비판하는 기사를 통제했지요. 적과 맞서
싸우기 위해서는 모두가 일치단결해야 한다는 논리로 말입
니다.

때마침 국방부에서는 태평양 인근에서 발견된 스킨스쿠
버 장비를 내놓으면서 테러에 사용된 증거물 품이라고 했어
요. 그런데 스킨스쿠버 장비를 가지고 어떻게 잠수함을 테러

합니까? 잠수함 근처에도 가지 못할 텐데요. 하지만 이 일에 의문을 제기하면 테러집단과 한편으로 몰렸습니다. 전 그것에 이의를 제기했지요. 그래도 명색이 정의를 실천하는 슈퍼맨이었으니까 기자 일에서도 그래야 한다고 생각했습니다. 그 잠수함 테러 사건을 추적하는 기사를 연일 내보냈습니다. 어느 날 데스크에서 절 부르더군요. 그리고는 조용히 해고를 통보했습니다. 제 근무실적이 나빴기 때문에 어쩔 수 없다고 했어요. 저는 제가 쓰는 기사 때문이냐고 따졌습니다. 부장님은 고개를 가로저으며 말씀하셨어요. '미안하네. 클락.' 해고는 슈퍼맨의 초능력으로 어쩔 도리가 없었어요. 말로 통보하고 종이에 사인하는 종류의 일이 늘 그렇긴 하지만요. 클락은 앞에 놓인 물잔을 집어 들어 목을 축였다.

사회자는 그가 컵을 내려놓기를 기다렸다가 다음 질문을 했다. 기자 일을 관두고 곧바로 사업을 하지는 않으셨죠? 네. 그렇습니다. 농사를 지었어요. 힘으로 할 수 있는 일을 하고 싶었거든요. 하지만 그것도 여의치가 않았어요. 농작물은 힘으로 자라는 게 아니더군요. 종자를 고르는 것부터 곡물기업 M사 것을 써야 했습니다. 다른 종자를 쓰면 이들이 촘촘하게 걸어놓은 특허에 걸려서 엄청난 돈을 물어야 했으니까요. M사 종자를 쓰면 농사를 한 번밖에 못 짓습니다. 다음해에는 또다시 M사 종자를 사야 하죠. 비료도 마찬가지예요.

기업이 대는 것만 써야 합니다. 문제는 말이죠. 그 기업들이 종자와 비료 값을 해마다 올린다는 겁니다. 아무리 농사를 지어봤자 수지가 맞질 않아요. 그때서야 전 깨달았습니다. 말로 통보하고 종이에 사인하는 종류의 일에서 벗어나서 먹고 살 수 없다는 것을요. 클락은 손으로 턱을 괴면서 침울하게 말했다. 그때 처음으로 제가 가진 초능력이 나를 먹여 살리는 데는 아무런 쓸모가 없다고 느꼈어요.

이제 성공스토리로 넘어가 보시죠. 사회자는 일부러 활기차게 말했다. 어쨌거나 지금은 그 초능력으로 성공하신 거잖아요? 그렇죠. 농사까지 실패하고 나니 배가 고프더군요. 그런 와중에도 도와 달라는 목소리는 항상 들려왔어요. 하지만 실 살 돈도 없어 다 떨어진 슈퍼맨 쫄쫄이를 입고 다녀야 했습니다. 언론에서 전 조롱거리가 됐어요. 저는 돈을 벌어야겠다고 다짐했습니다. 그러나 취직이 안 됐어요. 다들 정권에 찍힌 저를 꺼려했어요. 그러다 문득 이런 생각이 들었어요. 제가 가진 것은 초능력뿐이잖아요. 그렇다면 이 초능력을 활용해서 돈을 벌자고 말이지요. 그래서 구조를 할 때마다 사례를 조금씩 받게 됐습니다. 세상에 공짜가 어딨습니까? 저도 먹고 살아야 구조를 할 수 있는 것 아니겠습니까? 목숨이 경각에 달린 상황에서는 가격을 협상할 것도 없었어요. 그냥 제가 부르는 게 값이었습니다. 이게 엄청난 돈이 된다는 걸 직감했죠. 그 다음부터는 탄탄대로였겠군요? 네. 그렇습니다. 클락은 다시 자신만만한 미소를 되찾았다.

　그렇지만 이런 지적도 있어요. 사람의 목숨을 돈으로 매기는 것이 윤리적인가, 하는 의견 말입니다. 부자는 자신의 돈으로 목숨을 구할 수 있지만 가난한 자는 그렇지 않죠. 결국 돈에 따라 목숨 가치가 달라지는 일이 벌어진다는 지적인데요. 클락은 잠시 사회자를 바라보았다. 여전히 푸근한 인상이었지만 눈빛이 날카로웠다. 얼핏 이런 종류의 질문은 사회자의 눈빛만큼이나 날카로워 보인다. 하지만 클락으로서는 슈퍼맨에서 사업가로 변신하던 순간에 정리해버린 문제였다. 구조 요청을 하는 사람들은 넘쳐 납니다. 하지만 같은 시간에 모두를 구할 수는 없어요. 자연히 누군가를 선택해서 구할 수밖에 없습니다. 예전에는 먼저 구조를 요청한 사람 순이었어요. 하지만 이제는 제게 돈을 지불하는 사람을 먼저 구하죠. 돈에 따라 목숨의 가치가 달라진다고 했는데요. 이렇게 질문해 봅시다. 그렇다면 부자는 부자라는 이유로 가난한 사람보다 목숨의 가치가 없다는 겁니까? 똑같이 도와 달라고 손을 내민다면 부자라는 이유로 외면해야합니까? 저는 아니라고 생각합니다. 오히려 자신의 목숨 값을 내고 그 가격에 합당한 서비스를 받는 것이 당연하죠. 자신이 받은 것에 대해 대가를 치르는 것. 그것이 정의에 더 가깝다고 생각합니다. 돈이 없는 분들은 경찰이나 응급구조대에서 도움을 요청하세요. 그런 서비스는 공짜잖아요. 하지만 공무원들이 하는 일이란 어딘지 모르게 미흡한 면이 생기는 것도 사실이죠. 클락은 관객을 보면서 힘주어 말했다. 살고 싶으세요? 그럼 돈을 내세요. 객석에서는 침묵이 흘렀다.

분위기를 바꿔보죠. 최근에 사업을 확장하고 계시죠? 여러 슈퍼히어로들과 힘을 합치고 계신데요? 네. 오 년 전부터 스파이더맨과 아쿠아맨 그리고 원더우먼이 저와 함께해왔습니다. 제가 이 사업에 뛰어들자 여러 슈퍼히어로들도 뛰어들었습니다. 자연스럽게 경쟁이 치열해지니까 사업 전망도 어두워졌었죠. 그래서 저는 이렇게 서로 경쟁할 것이 아니라 각자 잘하는 분야를 인정하고 힘을 합치자고 제안했습니다. 스파이더맨은 빌딩을 타고 다니면서 해충을 방제하는데 아주 능합니다. 아쿠아맨은 해상 구조 활동에서 독보적이죠. 원더우먼은 여자라서 아동이나 여성 구조에 강점이 있습니다. 물론 젊은 남성들에게도 인기가 있죠. 객석에서 잔잔하게 웃음이 터졌다. 사회자도 클락도 잔잔하게 미소 지었다. 역시 원더우먼의 몸매는 모두를 하나 되게 만드는 힘이 있었다. 그렇게 해서 지금의 글로벌 경비보안업체 SG그룹이 탄생하게 된 것이죠? 네. 더 다양하고 고급화된 서비스를 제공하게 되었고 회사의 수익도 크게 늘어났습니다. 아무래도 가격 경쟁 때문에 저가 서비스를 하지 않아도 되니까요.

최근에는 배트맨이 합류했죠? 클락은 고개를 끄덕였다. 그는 일반인들을 채용하자고 했습니다. 그리고 자신의 장비를 착용시켜 유사 슈퍼히어로를 만들자고 했어요. 그래서 VVIP들은 우리 슈퍼히어로들이 직접 서비스하고 일반인들은 좀 더 저렴하게 유사 슈퍼히어로들의 서비스를 이용하게 하자는 계획이었어요. 그 계획은 보기 좋게 적중했습니다. 덕분에 저도 직접 뛰기보다는 말로 통보하고 종이에 사인하는 일을 주로하게 되었죠. 물론 수익의 상당 부분은 보안 장비를 파는 배트맨이 가져가지만요. 하하하. 클락은 일부러 통 크게 웃어보였다. 스튜디오 구석에 있던 조연출이 객석을 향해 웃으라는 손짓을 했다. 그러자 사회자도 관객도 모두 환하게 웃었다. 프로그램을 마무리 지어야 하는 시간이었다.

방송국 주차장에 서서 클락은 담배를 한 대 피웠다. 꽤 만족스러운 인터뷰였다. 하고 싶은 말을 모두 쏟아냈다고 생각했다. 그때였다. 클락의 뒤통수에서 퍽, 소리가 났다. 그가 반사적으로 뒤통수에 손을 갖다 대자 끈적한 것이 묻어났다. 계란이었다. 경호원들이 클락의 주변을 에워쌌다. 클락은 계란이 날아온 방향에 시선을 집중했다. 여전히 소년이 서 있었다. 클락은 이제야 그가 누구인지 알 것 같았다.

호텔이 불타고 있었다. 수백 명의 사람들이 구해달라고 소리쳤다. 슈퍼맨도 그 자리에 있었다. 다행히 화염에 갇힌 사람들의 대부분은 슈퍼맨과 소방관들의 도움으로 구조될 수 있었다. 그러나 미처 구하지 못한 사람은 둘이 있었다. 그 중 한 명은 맨 꼭대기 층에 있었다. 호텔에서 가장 비싼 방이 몰려있는 곳이었다. 다른 한 명은 그를 구하려다가 고립된 소방관이었다. 불길은 미친 듯이 치솟았다. 슈퍼맨은 소방관을 구하러 날아가고 있었다. 소방관은 화염에 휩싸이기 직전이었다. 그 순간, 화염을 뚫고 들려오는 목소리가 있었다. 살려주시오. 달라는 대로 드리겠소. 슈퍼맨은 고개를 돌렸다. 같은 층에 고립된 사내가 백지 수표를 흔들고 있었다. 슈퍼맨은 잠깐 공중에 머물렀다. 왜 였을까. 파란 쫄쫄이의 무릎 부분에 덧댄 빨간 천이 그의 눈에 들어왔다. 슈퍼맨은 백지 수표를 향해 날아갔다.

다음날. 클락은 소방관의 장례식에 갔다. 환하게 웃고 있는 소방관의 영정 앞에서 그를 노려보던 소년이 있었다. 소년은 자신의 아버지가 진짜 영웅이라고 소리쳤었다.

잡아 올까요? 경호원 하나가 클락에게 물었다. 그는 고개를 가로저었다. 저 정도 거리에서 이토록 정확하게 계란을 던질 수 있다면 녀석도 초능력자다. 일반인들이 상대할 수 있는 대상이 아니다. 클락은 직감했다. 몇 년만 지나면 옛날

방식대로 그의 적과 맞서 싸워야 할 날이 오리라는 것을. 말로 통보하거나 종이에 사인을 하지 않아도 되는 일이 생기는 것이다. 클락은 소년을 향해 싱긋, 웃어주었다.

배상민

2009년 『자음과 모음』 신인문학상 중단편 부문, 「조
공원정대」 외 2편. 2012년 장편소설 『콩고,콩고』.
bsm24@hanmail.net

스마트소설
박인성
문학상

후 보 작

백 수 린

Preta,
प्रेत

인 물

스마트소설

헐크 호건

나는 어둠 속에서 깜박이는 눈(眼)이다. 어둠 속에서 벌렁거리는 콧구멍이다. 나는 어둠 한가운데서 배를 바닥에 납작붙인 채, 눈을 깜박이고 콧구멍을 벌렁거리며 시간이 흘러가는 것을 지켜본다. 어둠이 짙어졌다 옅어지는 소리를 듣는다. 어둠이 옅어졌다가 짙어지는 소리를 듣는다. 여기는 밤. 혹은 낮이다. 알 수가 없다. 가끔씩 발소리가 들려오고, 누군가가 전원 스위치를 누르고 사라진다. 어둠은 순식간에 소리와 이미지로 과포화상태가 된다. 나는 배를 바닥에 대고 천천히 기어 화면 가까이 다가간다. 나는 뱀이다. 화면 속의 이미지와 소리가 총천연 빛깔로 넘실대며 침샘을 자극한다. 화면에서 어른거리는 사람들이 바뀔 때마다 비로소 시간이 가고 있다는 것을 안다. 나는 스크린을 통해서 벽 너머의 세상이 있다는 것을 알지만 실감하지는 못한다. 내 몫이 아닌 것에는 관심이 없다, 고 믿는다. 나는 욕망하지 않는 법을 익히고 있다. 그것은 욕망하는 것을 배우는 일보다 더 어렵고, 더

괴롭다. 나는 또래보다 훨씬 빨리 늙고 있다. 나를 늙게 하는 것은 어둠과 어둠보다 더 어두운 체념이다. 허기가 진다. 그렇지만 음식이 차려진 상은 너무 멀고, 높은 곳에 있다. 모든 것은 언제나 너무 멀고, 높은 곳에 있다. 닿아지지 않는 곳에. 내가 손을 뻗으면, 언제나 돌아오는 것은 발길질뿐이었다. 나는 결코 욕망해서는 안 되는 존재였다. 그것 좀, 이라고 말할 수가 없었다. 혀는 아무런 기능도 하지 못했다. 나는 벙어리다. 아니, 나는 입이 없다. 어둠 속에 눈만 깜박이는 눈이고, 벌렁거리는 콧구멍일 뿐이다. 바닥에 배를 바싹 붙이고 엎드려 있는 동안 꿀꺽 삼킨 내 침이 식도를 따라 위까지 천천히 도달하는 것을 느낀다. 소음 속에서도 침이 위벽에 부딪치는 소리가 커다랗게 울린다. 위는 점점 더 깊어진다. 끝도 알 수 없는 구멍이 된다. 결코 채워지지 않는 위. 내위가 자라나는 것을 들켜서는 안 된다고 나는 생각했다. 들키면 발길질은 또다시 시작될 것이다. 뼈마디가 골절되고, 힘줄이 찢겨 나갈 것이다. 나는 뭉개지고 짓이겨질 것이다. 나는 알고 있다. 어둠 속에서. 나는 납작 엎드린 채 화면만을 응시한다. 화면 속에는 근육질의 육체를 지닌 사내들이 링위를 어슬렁거린다. 사내들의 몸은 곧이라도 터질 것처럼 탄탄하게 부풀어 올랐다. 볼륨을 높였다. 고함소리와 환호 소리. 욕망과 쾌락이 들끓고 있는 장면을 나는 탐욕스럽게 바라본다. 노란 팬티를 걸친 노란 수염의 사내가 끊임없이 얻어맞는다. 악의 무리들이 그의 위에 올라탄다. 그는 마치 죽을 것만 같다. 나는 그가 죽기를, 풍선처럼 그의 몸이 터져버리기를 은밀히 욕망한다. 나는 근육이 하나 없는, 손·발도 절단된 파충류다. 그러나 사내는 갑자기 힘이 나기라도 하는 듯 두 팔을 양쪽으로 흔들며 링 위를 빙빙 돌기 시작한다. 사내는 귓가에 손을 가져대고, 사람들은 그의 이름을 연호한다. 그의 이름은 드높이 칭송된다. 그는 초인적인 힘으로 적수들을 공격한다, 제압한다, 승리를 거둔다. 환호 소리가 점점 더 커지고, 불빛이 사방에서 번쩍인다. 찬란한 만큼 폭력적인 소음이다. 노란 팬티의 사내는 짜인 각본에 따라 얻은 승리에 도취되어 박수갈채 속에 포효한다. 그의 포효 소리가 커질 때마다 나는 또 소멸된다. 어둠 속에서. 육체는 점점 퇴화된다. 소멸의 과정은 폭력적이다. 나는 으깨지고 뭉개진다. 어둠이 나를 잡아먹을 것이다. 마침내 내게 남는 것은 끝없이 갈망하는 눈과 위(胃)뿐일 것이다.

백수린

1982년 인천 출생. 2011년 『경향신문』 신춘문예로 등단.
paper_petal@hanmail.net

스마트소설
박인성
문학사

후 보 작

신 중 선

은발의
댄서

인   물

스마트소설

박 진 영

2032년 1월.

깃을 세운 톰포드 스타일의 남청색 코트에 검은 선글라스로 눈을 가린 한 남성이 서초동 예술의전당 앞에 서 있다. 위를 향해 한껏 치켜든 탓에 뒤쪽으로 꺾인 고개는 리드미컬하게 까딱대고 있다. 그는 노래를 듣고 있는 모양이다. 세련되게 커트된 은발은 누가 봐도 시선이 갈 만큼 멋스럽다. 양쪽 귀로부터 늘어진 이어폰 두 줄은 가슴께에서 하나로 만난 뒤 큼지막한 코트 주머니 안쪽으로 모습을 숨긴 상태이며, 왼쪽 손엔 페도라를 들고 있다. 팔이 유난히 길다 싶다. 이 유럽식 군복코트는 그를 남성적이면서도 우아하게 만들고 있다. 그의 시선은 예술의전당 건물 외벽에 걸린 대형 현수막에 고정돼 있는데, 아주 잠깐 입꼬리가 살짝 당겨져 올라갔다가 이내 제자리로 돌아온다.

돌이켜보면 그의 지난 생은 파격과 도전의 연속이었다. 1994년 스물두 살에 〈날 떠나지 마〉로 데뷔한 이래 예순이 되도록 솔직함과 과감한 퍼포먼스를 생명으로 알고 무대에 섰다. 매번 새로워지고자 노력했고 앨범을 내놓을 때마다 독보적인 패션과 춤으로 대중을 사로잡았으며 자신의 엔터테인먼트 회사도 성공적으로 이끌었다.

재능 있는 젊은이들을 스타로 만들어 국내 최고 반열에 올려놓는 동안 절로 재력이 쌓였지만 그는 마흔이 되기 전에 자선이 행복에 가장 가깝다는 사실을 깨달은 사람이다. 따라서 쉰 이후엔 적극적으로 이를 실천해왔다. 그러니까 그의 기부활동은 존경받고 싶어서도, 칭찬을 듣고 싶어서도 아니다. 다만, 그 자신이 행복해지고 싶었기 때문이다. 그래서, 물론 이 남자는 지금 행복하다.

사실 그는 천성이 욕심이 없는 편에 속한다. 노래를 할 때도 춤을 출 때도 누군가를 이기고 싶은 목적으로 해본 적은 없다. 신념에 순응하며 좋아하는 일을 했던 것인데, 다행히 인기까지 얻었다. 그가 가만히 입술을 움직여 말한다.

"일생 하고 싶은 일을 하며 살다니, 난 참 운이 좋았다."

현수막엔 그가 춤추는 사진과 '박진영, jy Park 콘서트-오페라하우스'라는 글씨가 인쇄돼 있다. 오페라하우스라니! 이 사실이 꿈만 같아 기쁘긴 하지만, 제 몸보다 더 큰 전신 사진을 근거리에서 마주하고 있으려니 다소 쑥스럽다. 데뷔 때나 지금이나 그는 부끄러움이 많은 편이다. 다만 대중들 앞에서 티를 내지 않을 뿐이다. 어려서부터 춤을 열망한 나머지 댄서가 되었고, 춤을 춤으로써 성격도 다분히 외향적으로 변화했지만 그의 속 깊은 곳엔 아직도 수줍은 소년이 집을 지어 살고 있다.

아까 그의 입꼬리가 잠깐 올라갔다 내려온 것은 자신의 외모를 빗댄 우스꽝스런 별명 '섹시한 고릴라'가 문득 떠올랐기 때문이다. 지어준 이가 누구였더라, 하고 궁리하고 있을 즈음, 청소년들이 서로 치고받으며 그가 서있는 방향을 향해 걸어오는데 꽤나 왁자지껄하다. 그러다 그의 앞에 다다랐을 때, 그들은 마치 약속이나 한 듯이 발을 딱 멈추곤 일제히 그를 쳐다본다. 일 초? 아니면 이 초 정도 흘렀을까. 이윽고 우르르 그를 에워싸더니 경쟁하듯 배낭에서 공책과 펜을 꺼내 내민다.

바람 탓에 공책이 자꾸 펄렁거려 서명하는 게 용이하지 않자 한 아이가 딱딱한 책을 꺼내 받친 후 공책을 잡아준다. 서명을 하는 그의 얼굴에 감회가 어린다. 예순인 지금도 십대들에게 사랑을 받다니! 돌이켜보니 자신은 20대에도 30대에도 40대에도 변함없이 청소년층이 좋아해줬다. 50대에 이르러서도 일관되게 댄스곡을 발표하자 '영원한 청년댄서'라는 새로운 애칭을 얻기도 했다. 팬들은 그의 신곡이 나올 때마다 즐거워했고, 그가 공들여 길러낸 스타를 사랑해줬다. 그리고 이 청소년들, 가던 길도 멈추고 38년차 노가수인 그에게로 달려왔다. 그 사실에 스스로 감동한 나머지 그는 자신도 모르게 눈시울이 더워진다.

마지막 아이에게 서명해줄 차례가 되었을 때, 그 아이가 눈을 빛내며 말한다.

"우리 할머니는요 일흔한 살인데요, 아저씨 처음 나왔을 때부터 계속계속 좋아했대요. 그러니까 저한텐 사인을 두 장 해주셔야 해요. 할머니께서 좋아하실 거예요."

펜을 잡은 그의 손이 미세하게 떨려온다. 눈가에도 이슬이 맺힌다. 짙은 선글라스 덕에 들통 나지 않는 것이 얼마나 다행스러운지.

"할머니께서 어떤 노래를 좋아하시지?"

"아저씨 노랜 무조건 다요. 아, 저번 주 음원차트 일등 한 거요, 요즘은 그 노래만 흥얼거리세요."

"아 〈가장 유능했던 세일즈맨〉 말이니?"

"네. 노랫말이 슬픈 데도 아저씨 댄스와 너무 잘 어울린다고 그러시더라고요. 우리 반 아이들도 그 노래 엄청 좋아해요. 아저씬 우리들의 우상이에요."

그는 그 아이의 집 주소와 가족 수를 묻는다. 아이 가족에게 이번 콘서트 티켓을 보내줄 요량이다. 맨 앞자리, 최고의 좌석으로 보낼 것이다. 수십 년을 좋아해주고 있는 팬, 그 아이 할머니에게 이 정도의 서비스는 턱없이 약소하다고 할 수 있다. 새삼 그는 가수로, 댄서로 살아온 한평생이 결코 헛되지 않았다는 사실에 가슴이 뻐근해옴과 동시에 기다렸다는 듯 멜로디와 가사가 머릿속에서 퐁퐁 샘솟기 시작한다. 밤을 꼬박 새워서라도 기어코 오늘내로 완성하고 말리라고 그는 결심한다. 어쩐지 성공이 점쳐지기도 한다. 그렇다면 101번째 히트곡이 될 것인가. 물론 이 숫자는 다른 가수들에게 준 노래까지 합친 것이다.

아이들과 헤어질 즈음 휘익 세찬 바람이 예술의전당 앞 삼거리를 휩쓸고 지나간다. 그 통에 느슨하게 쥐고 있던 페도라가 그만 그의 손을 떠나 저만치로 굴러간다. 그가 페도라를 잡기 위해 발걸음을 옮긴다. 182센티 정도 되는 큰 키라 그는 상당히 큰 보폭으로 성큼성큼 페도라를 쫓아가고, 건물 외벽에 걸린 현수막도 바람의 힘을 이기지 못해 펄럭인다. 그 통에 현수막의 가수가 몸을 비트는 것처럼 보인다. 이때 몇 발자국 앞서가던 아까의 청소년들 중 하나가 현수막을 손가락으로 가리키더니 외친다.

"와, 은발의 댄서가 춤을 춘다!"

신중선

1993년 『자유문학』 데뷔. 장편 『하드록카페』 『비밀의
화원』 『돈워리 마미』, 단편집 『누나는 봄이면 이사를
간다』 『환영 혹은 몬스터』.
printedpaper@naver.com

버디

롤러스케이트를 탄다. 용민이, 종삼이 수훈이도 같이 탔다. 이 산 꼭대기에서 저 산 꼭대기로 저 산 꼭대기에서 이 산 꼭대기로 네 사람은 롤러스케이트를 타고 새처럼 날고 있다. 모두들 붕붕 잘도 떠다닌다. 오르락내리락 아찔한 스릴을 즐긴다. 국진은 넷 중 처져 있다. 문득 세 사람이 사라졌다. 국진이 두리번거리는데 앞에 바위가 나타났다. 뛰어넘지 않으면 낭떠러지로 곤두박질 칠 것 같다. 그러나 미끄러지는 속력으로 보아 불가항력이다. 하나님! 국진은 눈을 딱 감고 있는 힘을 다해서 점프를 한다. 쾅하고 스케이트에 바위가 부딪히는 느낌, 국진은 낭떠러지로 추락하기 시작한다. 이렇게 죽는구나 라고 생각한다. 그런데 이상하다. 몸은 서서히 일어서는 자세로 균형을 잡고 있다. 롤러스케이트는 바닥에서 탄력을 받으며 솟구친다. 더 높이 더 멀리 무지개 빛으로 뻗어 있는 상승 벽이 나타난다. 이때 알람이 울린다. 국진은 꿈이 나쁘지 않다고 생각한다. 오르는 것은 좋은 것이다. 국진은 욕실 거울 앞에 서서 빗질을 부지런히 한다. 고개도 갸웃거려 본다. 오늘은 꿈에 본 동료들과 골프하는 날이다. 밝은 마음, 맑은 마음, 착한 마음이 나다. 국진은 흥얼흥얼 노래를 한다.

국진이 H클럽에 도착했을 땐 용민이는 물론 종삼이, 수훈이까지 벌써 와 있다. 골프장은 장마철답지 않게 화창했다. 부지런한 용민은 오자마자 퍼트연습을 했는지 이마의 땀을 연신 닦아내고 있다.

"이슬 때문에 공이 안 나가는데, 공을 좀 더 세게 밀어야겠어."

용민은 연습을 끝내는 중이었다. 국진은 틈만 나면 노력하는 용민을 존경한다고 생각한다.

"오늘은 점심 내깁니다. 지는 사람이 내는 겁니다."

"좋지."

수훈이와 종삼이는 다 마신 종이컵을 쓰레기통에 던지며 카트카가 서 있는 1홀 쪽으로 내려간다. 용민과 국진이 그 뒤를 어슬렁거리며 따라간다.

점심내기 골프는 시작부터 과열했다. 모두가 첫 홀에서 스리 온을 척척 해낸다. 종삼이와 수훈이는 늘 바쁘다며 연습도 잘 안하는데 장타에 강한 것이 얄밉다. 야간업소에 나가는 일 외엔 할 일이 없는 국진은 골프 연습장에서 시간을 죽이는 것이 하루 일과다. 때문에 공을 그들보다 잘 쳐야 체면이 선다. 그런데 국진의 드라이버 실력은 넷 중 꼴찌다. 가장 멀리 보낸 용민의 공과 오십 미터 정도 차이가 난다. 다행히 국진은 우드에 강해서 스리 온을 한다. 홀컵 1미터 앞에 공을 떨어뜨린 수훈은 버디 찬스라며 흥분해 있다. 투 온에 올렸지만 홀컵에서 먼 용민이 먼저 퍼팅을 한다. 투 온으로 올렸지만 홀컵에서 멀면 냉탕 온탕 왔다갔다 하느라 스리 온으로 올린 사람보다 나을 게 없다. 타원형의 그린 끝에서 용민이는 그린을 살피느라 앉았다 섰다 한다.

"아직 이슬이 덜 말랐으니 세게 밀어야 해. 거리는 20미터지만 약간 오르막이니 25미터를 보고 치라고."

국진은 용민이한테 잔소리를 한다. 골프라면 자기가 고수라고 생각하는 용민은 국진의 말을 귀담아 들을리 없다. 과연 용민이는 엉뚱한 곳으로 공을 쳐버린다.

"어라! 공이 왜 그래! 라인을 잘 못 봤나?!"

용민은 어이없어 하며 공이 있는 쪽을 허탈하게 바라보고 있다.

"라인은 괜찮은데 공에서 눈을 뗐어. 공을 안 보면 그렇게 되더라고."

국진은 자신이 깨달은 것을 이야기해준다. 일리가 있다 싶은지 용민이 순순히 고개를 끄덕인다. 골프란 옆에서 가

르쳐 주는 한 마디 때문에 나쁜 습관을 고치기도 한다. 그래
서 필드에서 배우는 것이 연습장에서 훈련하는 것보다 도움
이 되는 수가 많다. 내리막 오 미터 거리를 치던 종삼이도 홀
컵에 넣는데 실패한다. 너무 긴장했는지 공은 홀컵 위를 지
나서 2미터나 더 굴러갔다. 종삼이 머리를 치며 하늘을 바라
본다.

"버디를 아무나 하남. 나비도 잘생긴 나를 좋아한다니
까."

수훈은 종삼이를 약올리며 신이 난다. 자신의 실력을 보
여 줄 차례가 된 것이 기쁜 것이다. 퍼트 자세를 취하는 수훈
의 모자에 나비 두 마리가 앉아 있다. 오래전에 버디 축하로
받은 나비 마스콧을 일 년도 넘게 붙이고 다니는 것이다. 까
불거리던 수훈이의 공도 홀컵에 못 미친다. 수훈은 입을 벌
리고 하늘을 원망하듯 바라본다. 잘 치려고 욕심내지 마라.
골프는 그 사람 마음이야. 용민이 뼈있는 한 마디를 한다. 다
시 용민이 차례다.

"10미터 내리막입니다. 5미터만 보고 치세요. 그리고 공
을 보세요. 공만!"

용민은 긴장했다. 용민은 공만 잘 보면 실수가 거의 없는
사람이다. 한참 후에야 용민의 공이 굴러간다. 공은 홀컵을
향해 곧바로 가고 있다. 마침내 땡그랑 소리가 경쾌하게 울

려 퍼진다. 퍼트 연습을 많이 한 것이 효과가 있는 것 같다.

"버디!"

용민이 소리치자 모두가 용민이 한테 몰려가 두 손바닥을 딱 소리가 나게 스파크를 준다. 나이스! 캐디가 와서 용민이 테모자에 버디 축하 마크인 빨간 하트를 붙여준다. 나머지는 모두 파를 했다. 시작부터 실력이 팽팽하다. 재미가 난다.

"용민이 형, 이렇게 잘 나가면 어떻게 해요. 오늘 동생들 한테 져 주세요. 우린 형님한테 밥 얻어 먹으려고 나온 거 아 닌가요."

수훈이는 카트카를 타지 않고 걸어가는 용민이를 따라가 며 아양을 떤다.

"뭔 소리야? 너희들 요즘 잘 나가잖아. 잘 나갈 때 얻어 먹 은 거 같아야지. 그런데 국진이는 요즘 풀리는 거 없어? 지난 번 KBS에서 섭외 왔던 것은 잘 돼가?"

문득 용민은 앞서서 부지런히 걷는 국진이한테 묻는다.

"아직은. 기다리는 중."

국진은 아기에게 까꿍하며 웃듯이 돌아다본다. 죽어가면 서도 웃기는 것이 개그맨 십이다. 모멸감을 느껴도 얼굴은 항상 삐에로 처럼 웃어야 한다. 망가지는 자신을 보고 모두 가 즐거워야 그 생명 또한 길다. 종삼이를 태운 카트카는 벌 써 도착하여 기다리고 있다.

"내가 먼저지."

버디를 한 용민은 서둘러 티를 꽂는다. 연습 스윙을 한 차
례 한 후 공을 힘껏 날린다. 하늘을 가르며 날아가는 공은 좌
측으로 멀리 날아간다. 당연히 오비가 났다. 국진은 한때 프
로를 꿈꾸었던 만큼 원인을 분석한다. 서둘러 친 때문이다.
서두르면 팔에 힘이 들어간다. 국진이 결혼에 실패한 것도
너무 서두른 탓이다. 좀 더 신중했어야 했다. 실패는 언제나
상처를 준다. 특히 이혼이란 상처는 오래 간다. 한때 국진은
어둠의 나락으로 떨어졌다. 앞이 보이지 않았다. 잔디밭에
나가 공을 치면서 어둠의 터널에서 조금씩 빠져나왔다. 사람
을 비로소 만날 용기가 생겼다. 심야 개그쇼 진행자를 찾는
다는 전화를 받게 된 것도 방송국에 놀러 갔기 때문이다.

국진이 티를 꽂고 어드레스를 취한다. 힘은 빼고 임팩트
시 공과 몸과 그립이 일직선이 되게. 마음으로 생각한 후 공
을 타격한다. 공은 포물선으로 떠오르더니 페어로에 떨어졌
다. 국진의 공은 똑바로 간다는 것이 장점이다. 나이스 굿!
세 사람이 놀라워 하며 입을 모아 소리친다. 국진은 기분이
좋다. 인생도 이렇게 풀려야 한다고 생각한다. 또박또박 정
도를 걷다보면 목적지에 도달하는 것이다. 비록 나락으로 떨
어졌을지라도 올라갈 힘이 생기는 것이다. 용민이의 첫 홀
버디 이후로 파스리장인 14홀, 15홀에서 상훈이와 종삼이

각각 버디를 잡았다. 국진만 버디를 못하고 있다. 그래도 캐디가 적고 있는 타수는 막상막하로 용민이와 한 타 차밖에 안 났다. 이럴 땐 조금 욕심을 내도 될 것 같다. 인생은 롤러코스트와 같은 것 내리막이 있으면 오르막도 있다는 것을 골프를 통해 깨달았다.

마지막 홀이다. 핸디캡이 10 안팎인 네 사람은 오늘 선전을 한다. 81타 85타인 수훈이나 종삼이와 달리 싱글 수준인 용민과 국진은 77타 78타다 마지막 홀에서 승부는 결정이 난다. 그런데 국진을 뺀 세 사람 모두가 스리 온을 한다. 국진은 용민을 이길 가능성이 없음을 느낀다. 잘 해봤자 파를 겨우 잡을 것 같다. 그렇게 되면 용민이 오늘 일등이다. 체면이 안 선다. 이 때 간밤의 꿈이 생각난다. 오늘 골프에서 일등할 꿈으로 예감된다. 그렇다면 하늘이 도울지 모르겠다. 지금 용민이나 수훈이 종삼이의 공은 홀컵 주변에 떨어져 있다. 모두가 버디 찬스라고 좋아한다. 타수 차가 많은 수훈이와 종삼이는 겁나지 않지만 용민인 아니다. 승산이 없다. 첫 홀에서 10미터 거리를 퍼트하여 공을 넣은 용민이 아닌가. 어쩌면 승패는 이미 난 거나 다름없다. 샌드를 들고 라인을 본다는 것이 의미가 없다. 그래도 국진은 어떤 믿음을 갖고 샌드를 들고 언덕으로 올라간다. 내리막 언덕이라 어드레스를 하기가 어렵다.

"어, 그것이 아닌데. 좌측으로 몸을 돌려서 쳐 올려!"

용민이 그린에서 자신있게 조언을 한다. 국진은 아닌데 하면서도 오늘 잘 풀리는 용민이 하라는 대로 좌측으로 몸을 움직여 선 후 샌드를 살짝 친다. 공은 엉뚱하게도 언덕의 바위에 맞았는지 딱 소리가 났다. 그런데 공이 튀면서 그린으로 떨어진다. 퍼뜩 버디 예감이 든다. 그러면 그렇지. 아니나 다를까 하얀 공은 홀컵이 잡아 당기기라도 한 듯이 홀컵을 향해 굴러간다.

"버디!"

땡그랑! 소리를 듣자마자 국진은 두 손을 번쩍 올렸다. 생각지도 않은 버디다. 모두가 어이없어 하며 버디를 축하해 준다. 국진은 기분이 좋다. 용민이 버디를 하지 않고 파만 잡아도 동점승이다. 용민이 보기를 한다면 국진이 1등도 할 수 있다. 수훈이와 종삼이는 각각 파와 보기를 잡았다. 마지막 용민이 차례다.

"와! 국진이 버디하는 바람에 어렵게 됐네."

용민은 퍼트를 천천히 닦는다.

"용민이 형, 버디를 해야 일등입니다."

"까짓것 해버리지."

"생각처럼 쉽지 않다는 것이 문제지."

국진이 약을 올린다.

"하면?"

"내가 오늘 밥 쏜다."

국진은 기싸움에 지지 않으려 지체없이 큰소리를 쳤다.

"좋아."

용민의 목소리도 지지 않게 크다. 용민이 퍼팅자세를 취한다. 용민의 공은 4미터 거리에 있다. 약간 오르막이지만 평평하다. 국진도 긴장이 된다. 오늘 10미터도 넣은 용민이다. 그래도 간밤의 꿈을 생각하면 오늘의 행운은 국진의 것이다. 무지개빛 상승벽이 눈앞에 떠오른다. 이때 용민의 노란색 공이 굴러가고 있다. 땡그랑! 국진은 자기의 귀를 의심했다. 분명 노란색 용민의 공이 홀컵 안에 들어가 있다. 용민은 두 주먹을 불끈 쥐고 소리쳤다.

"버디! 1등이다!"

"와, 용민이 형 대단해요. 국진이 형은 오늘 꼼짝없이 점심 사야겠어요."

수훈이와 종삼이 얼굴이 환해졌다.

캐디가 하트 모양의 빨간 스티커를 국진과 용민의 모자에 붙여 준다. 용민의 모자엔 빨간 하트가 두 개다.

"좋다. 언젠가 갔던 한우 갈비집에 가서 먹자."

국진은 가슴이 쓰리지만 배포 크게 말한다. 어차피 약속했는데 신나게 한 턱 내기로 한다.

"와— 국진이 형 멋지다."

수훈이 아양을 떨고 있다. 돌아가는 카트카에 올라타는데 국진의 핸드폰이 울린다. KBS방송국에서 온 전화다. 국진은 서둘러 퍼즐을 그린다.

땡그랑! 소리를 듣자마자 국진은 두 손을 번쩍 올렸
생각지도 않은 버디다. 모두가 어이없어 하며 버디
축하해 준다. 국진은 기분이 좋다. 용민이 버디를 하
않고 파만 잡아도 동점승이다. 용민이 보기를 한다
국진이 1등도 할 수 있다. 수훈이와 종삼이는 각각 그
보기를 잡았다. 마지막 용민이 차례다.

안은순

전북 김제 출생. 1972년 원광대학교 고교생 소설에서
「누명」 가작. 1992년 『경인일보』 신춘문예 소설 당선
데뷔. 소설집 『우리 춤추러 가요』 출간.
eunsoon93@hanmail.net

HELEN OF TRO

스마트소설
박인성
문학상

후 보 작

안 준 우

1헬렌(1Helen)

인 물

스마트소설

헬 렌

사내는 자신을 제임스 홍 테일러라고 소개했다. 짧은 머리에 검은 안경테를 쓴 날렵한 인상이었다. 초복이 지난 다음날, 우리는 백 원장 주선으로 그와 저녁식사를 하게 되었다. 시내 중심가에 있는 호텔 일식집이었고, 백 원장은 식사를 하는 동안 제임스 홍 테일러의 약력을 소개했다. 백 원장에 따르면, 그는 칼텍(Caltech)을 우수한 성적으로 졸업했고, 첫 직장으로 들어간 애플사에서 아주 중요한 개발을 하다가 스티븐 잡스가 죽자마자 한국으로 들어왔다. 그러고 보니 청바지에 검정색 상의를 입은 것이 익숙한 모습과 오버랩 되었다. 후식으로 나온 메론 두 조각과 원두커피를 마시고서야 제임스는 입을 열었다. 미국에서 오래 일한 것 치고는 완벽한 한국발음이었다.

— 지금으로부터 적어도 삼천 년은 더 지난 이야기죠. 그리스는 일천 척의 전함을 띄웠고, 그 소식은 즉시 에게 해 건너 트로이에 있던 한 여인에게 전해집니다. 소식을 전해들은

여인은 당연히 두려움에 떨어야 정상이었겠지만, 의외로 여인의 눈에는 실망과 분노의 불길이 치솟았죠. 여인은 소식을 전하는 시종에게 거듭 확인했습니다. 진정 일천 척의 전함뿐이더냐? 진정 고작 일천 척이 다란 말이더냐?

제임스의 중저음은 순식간에 좌중을 사로잡았다. 백 원장을 비롯해 나머지 5명의 원장들도 그의 이야기에 빠져들었다.

— 시종이 거듭 전함의 수를 일천 척이라고 확언을 하자 여인은 세상이 꺼질 듯 한숨을 내쉬고는 탄식하죠. 내 미모가 겨우 전함 일천 척을 움직일 정도밖엔 안 된단 말인가! 라고 말이죠.

제임스는 말을 잠시 끊고는 주위를 둘러보았다. 모두들 침묵 속에 제임스의 입만 바라보았다.

— 그 여인은 여러분이 모두 아시는 바로 그 유명한 트로이의 헬레네입니다. 인류 역사상 가장 아름다웠던 여자. 스파르타의 왕비 자리를 버리고 과감히 사랑의 도피행각을 벌인 용감한 여자. 물론 자신을 유혹한 사내가 왕자쯤 되니 따라 갔겠죠.

제임스가 말을 잇는 동안 사실 백 원장은 진지하게 귀를 기울이면서도 내심 초조했다. 거액의 사례금을 주고 그를 저녁식사에 초빙한 건 업계의 현 위기를 극복할 조언을 구하기 위해서였다. 자리에 참석한 다른 원장들도 백 원장의 제안에 사례금을 분담하는 것을 아끼지 않은 것은 하나같이 위기감을 느꼈기 때문이었다. 2008년 금융위기 이후로 주변의 많은 성형외과의사들이 병원 문을 닫았다. 불황 탓도 있지만 대부분 장비를 구매하느라 빌린 저리의 엔화 대출이 환율이 급등하면서 갚아야 할 원금이 두 배로 늘어났기 때문이었다. 백 원장을 비롯해 이 자리에 모인 몇몇 원장들은 잘한다는 소문으로 근근이 버티고는 있었지만 길어지는 불황 탓에 예전의 호황을 다시는 누릴 수 있을 것 같지 않았다. 무엇인가 돌파구가 필요하다는 데에 공감했고, 백 원장이 제임스를 불렀다.

— 헬레네의 남편이었던 스파르타의 왕 메넬라오스는 트로이를 함락시키고 헬레네와 다시 상봉합니다. 자신을 배신했기에 그 자리에서 찢어 죽여버리겠다고 수천 번도 더 다짐을 했지만 막상 그녀를 보니 그 눈부신 아름다움 때문에 용서해 주고 말죠. 대단하죠? 도대체 얼마나 아름다우면 십 년 동안 치른 끔찍한 전쟁의 원흉이자 자신을 배신한 여자를 용서해 줄 수 있을까요? 예나 지금이나 여성의 미모는 최강의 무기입니다. 성형외과 의사 분들 앞에서 미모를 운운하는 것이 좀 주제넘긴 하지만 과연 미모란 것이 무엇일까요?

제임스는 선명한 눈빛으로 주위를 둘러보며 한 명 한 명과 눈을 맞췄지만 아무도 입을 열지 않았다.

— 미모는 주관적이면서도 동시에 객관적이기도 한 가치입니다만 그것의 기준은 무엇이죠? 만약에 말이죠. 미모도 시간이나 질량, 부피, 길이처럼 측량이 가능하다면 그것의 기준이 분명해지지 않을까요? 그렇게만 된다면 여러분의 일에도 새로운 패러다임이 제시되는 겁니다. 제가 헬레네의 이야기를 길게 한 건, 벌써 과학자들이 미모도 측정하여 단위를 매기자는 논의가 있었기 때문입니다. 모두 금시초문이시죠?

정말 처음 듣는 이야기였다. 백 원장을 비롯하여 누구도 이런 이야기는 들어본 적도 없었고, 서로들 얼굴만 쳐다보았다.

— 과학자들이 그 미모의 단위를 갑론을박 끝에 저 인류 역사상 최고의 미녀였던 헬레네를 기려 헬렌(Helen)이라고 정한 겁니다. 지금으로서는 저 헬레네가 얼마나 아름다웠는지, 김태희나 제시카 고메즈 보다 얼마나 예뻤는지 알 리가 없고 비교하기도 애매하죠. 모든 단위는 측정 가능한 것이어야 하니까요. 그래서 다시 논의한 끝에 전함 일천 척을 동원할 수 있는 미모를 1헬렌으로 최종 합의했습니다. 이게 바로 최근까지 업데이트된 내용이죠.

제임스는 긴 말을 마치고서는 물을 천천히 씹어 마셨다.

그의 성대가 물을 삼키느라 조금씩 움직일 때마다 그는 좌중을 천천히 둘러보았다. 누구도 말을 꺼내지 않았고 모든 시선은 제임스의 눈길만 따라 움직였다. 너무 조용해 그의 성대가 꿀꺽 거리는 소리가 다 들릴 지경이었다. 긴 침묵이 견디기 힘들었는지, 아니면 거액의 사례금이 이대로 1Helen과 함께 사라져 버리는 게 아닐까 하는 불안감 때문이었는지 백원장이 힘겹게 입을 열었다.

　― 그런데 그게 도대체 무슨 소용이란 말입니까? 우리가 원하는 이야기는…….

　제임스가 물잔을 내려놓으며 차갑게 그의 말을 끊었다.

　― 제 말을 아직 이해 못하셨군요. 좋습니다. 이제부터 진짜 여러분들이 원하시는 제안을 드리지요. 여러분들은 성형의사들이지만 도대체 무슨 기준으로 이제껏 시술을 해오셨는지 궁금할 정도입니다. 아무튼 제가 제안 드리고 싶은 것은 지금은 스마트폰 시대. 모든 것들이 간단한 앱으로 실행되는 시대입니다. 미모도 이제 기준이 정해졌고 그것이 측정 가능한 것이라, 미모를 측정하는 스마트폰 앱만 있다면 사람들은 이제 모두 자기 분수를 알게 되는 겁니다. 여러분들의 업종에 새로운 시장, 무한한 황금시장이 열리는 것이지요.

　― 그러니까 미모를 측정하는 앱을 말하시는 건가요? 그런 것이 있나요?

― 아직은 없죠. 그러니까 여러분에게 제가 제안 드리는 겁니다. 그런 앱을 만들자구요. 여러분들의 시장을 위해서. 무한한 황금시장을 위해서. 자신의 미모가 자신의 친구보다 떨어진다면, 그리고 그 떨어지는 만큼 여러분들의 시술로 업그레이드 시켜줄 수만 있다면…… 상상이나 되십니까? 이 시장의 가치를.

― 기술적으로 그런 앱을 만드는 것이 가능합니까?

백 원장이 호기심과 흥분으로 가득한 눈으로 물었고, 제임스는 그와 반대로 차갑게 반문했다.

― 기술적으로야 그런 앱을 만드는 것쯤이야 아무것도 아니지만 의학적으로 가능한 것인지 전 그게 궁금하군요.

제 말을 아직 이해 못하셨군요. 좋습니다. 이제부터
짜 여러분들이 원하시는 제안을 드리지요. 여러분들
성형의사들이지만 도대체 무슨 기준으로 이제껏 시
을 해오셨는지 궁금할 정도입니다. 아무튼 제가 제
드리고 싶은 것은 지금은 스마트폰 시대. 모든 것들
간단한 앱으로 실행되는 시대입니다. 미모도 이제 기
이 정해졌고 그것이 측정 가능한 것이라, 미모를 측
하는 스마트폰 앱만 있다면 사람들은 이제 모두 제
분수를 알게 되는 겁니다. 여러분들의 업종에 새로
시장, 무한한 황금시장이 열리는 것이지요.

안준우

2011년 『매일신문』 신춘문예 등단, 현 무역업 종사.
jwahn@amskorea.net

후 보 작

은 소 정

BK연서(戀書)

인 물

스마트소설

김 병 현

BK가 돌아온대. 메이저리그를 호령하던 핵잠수함, 방어율 1점대의 자물쇠 계투. 그 BK 말야. 수백만 달러를 받는 최고의 타자들도 그의 앞에선 번번이 선풍기를 돌렸지. 선풍기? 삼진. 그건 옛날 옛적 얘기고, 한물가지 않았냐고? 글쎄, 그렇게 보일 수도 있겠지만 썩어도 준치잖아. 올 시즌을 지켜봐야지. 손가락 욕만 안 하면 다행이라고? 어허, 그건 홈 관중 야유 때문이었잖아. 다 지난 일 가지고.

BK가 무슨 뜻이냐면, 본 투 킬. 죽이기 위해 태어났다. 즉 삼진 잡는데 타고났다는 말이지. 본 폭투? 아냐 아냐, 몸이 덜 풀려서 그래. 아직 시즌 중반인 걸. 그래도 팀이 잘 나가잖아. 누구만 없으면 더 잘 나갈 거라고? 팀의 연승을 끊고 연패를 이어주는 게 BK라고? 기다려 봐. 곧 풀릴 거야. 자기 공 던지기 시작하면 타자들 정신없이 선풍기 돌려댈 테니. 자기가 만족할 만한 공을 던지는 게 BK의 인생 목표란 말씀.

2와 2/3이닝 동안 5피안타 2홈런 6볼넷 8실점. BK 복귀 후 최악의 피칭이야. 엎친 데 덮친 격으로 만루 상황에서 타자가 친 공을 잡으려다……. 아무리 급해도 그렇지. 결국 손가락 골절로 1군 말소래. 인터넷에 난리 났다. BK 맨손 플레이, 멘붕 플레이라고. 알아알아. 우리 BK, 웬만해선 주눅 들지 않는 성격이신지라, 자신의 트위터에 "다음엔 반드시 승리, 빅토리!" 멘트와 함께 붕대 감은 손가락 사진을 올리셨지. 두 번 죽이기 좋아하는 네티즌들 가만 있을 리 없지. 다친 손가락이 하필이면 가운뎃손가락이었으니.

BK 진짜 너무한다고? 왜? 2군 경기장에 S식품회사 마케팅 담당자가? 국내 복귀를 결정지은 지난 1월, 직접 전화를 걸어 약속을 잡고, TV광고 관련 미팅을, 10승 이상하면 찍기로? 실망이야, BK. 돌아온 이유가 그거였어? 명색이 애리조나 핵잠수함이……. 뭐? BK가 잠수함이면 우리나라 타자들은 전부 어뢰냐고? 하하하. 내가 웃는 게 웃는 게 아니다.

부상인데 벌써 나왔네. 선발 등판 로테이션 상 오늘까지 여섯 번, 다 이겨야 10승. 가능할까? 어엇, 잠깐만. 타자들 선풍기 돌린다. K, K, K, K…… BK가 돌아왔어! 백 투 더 K머신. 봤냐? 8이닝 무실점, 탈삼진 9개로 5승. 광고 얘긴 좀 그 랬지만, 어쨌든 BK가 BK의 공을 던지고 있어. 느낌이 좋은 데.

오늘도 전력투구, 역시 저것이 BK의 본모습이야. 감탄이 절로 나오지? 그게 아니라 CF에 눈이 먼 거라고? 방금 화면 에 잡힌 사람이 S식품회사 회장이라고? 메이저리그 스카우 터도 아니고, 속보임의 극치? 야, 아무리 한물갔어도 BK다. 메이저리그 갈 때 이미 로또 한 방 맞았는데, BK가 뭐가 아 쉬워서 CF에 목숨 걸겠어? 아무튼 오늘이 10승의 구부 능선 이니까 다음 경기 보면 알겠지. 그래그래. 그때 대충 던지면 정말 CF가 목적이었던 걸로 인정할게. 지금 던진 공 봤어? 살벌하지? 저러다 데드볼 된다고? 모르는 소리. 좌타자는 몸 쪽으로 쑤욱 꽂아줘야 못 건드린다고. 저런 명품 투구, 아무 나 할 수 있는 거 아니다.

나왔다, BK. 지난 경기 아쉽게 지긴 했지만 대단하긴 대단 했어. 9이닝 2실점 완투패. 공 하나하나에 혼신의 힘을 다해 던지는데…… 그 집중력이란. 승수 못 채워 CF 물 건너갔으 니까 오늘은 그렇게 못 던질 거라고? 아니 안 던질 거라고? 어디 두고 봐. 시작한다.

지난 경기에 완투한 선수 맞냐고? 하하하. 맞지. 왜 이렇게 잘 던지냐고? 야구 달인? 하하하. 왜 이래, 언제부터 BK 팬이었다고. 리드미컬하면서 군더더기 없는 언더 핸드, 낯선 듯 익숙한 스트라이크. 진정 완벽해. 눈빛? 그래, 눈빛이 다르지. BK잖아. 타자를 상대하는 게 아니라 BK 자신과 맞서는 것 같아. 누가 봐도 전성기 아닌데, 남들이 뭐라던 자신의 공을 던지고자 하는 몸짓이 느껴지잖아. 이런 걸 니들은 모르는 멘탈 용어로 투혼이라고 하지.

그거 알아? BK 컴백과 CF의 전말. 식품회사 측의 노이즈 마케팅? 하긴 그 회사, BK 덕분에 이슈가 됐으니까 그럴 수도 있지. 그런데 그런 거 말고, BK가 돌아온 진짜 이유.

정통한 소식통에 따르면…… BK가 컴백 전에 잠시 한국에 머물렀었대. 야구도 잘 안 되고 이래저래 마음이 힘들 때였는데, 급구한 전셋집에서 그걸 본 거지. 붙박이장에 붙어 있는 스티커. 무슨 소리냐고? 아마 십 년도 더 됐지? 아이엠에프 때 우리가 뭣 땜에 웃었어? 스티커 얘기하다 웬 외환위기 타령? 글쎄 그러니까, 그때 우리를 즐겁게 해 준 뉴스가 뭐였냐고? 그래, 박 남매. 세리 박과 찬호 박. 빙고! 찬호빵. 아이들마다 그 빵 들고 다니면서 먹었었잖아. 당시 인기 최고였지. 그런데 아이들은 빵만 먹은 게 아니야. 그 안에 찬호

박 모습이 그려진 스티커가 들어 있었다고. 기억나지? 책상 앞에 스티커 모으면서 '나도 찬호 박처럼.' 하고 꿈도 모았던 거.

바로 그게 BK 집에 붙어 있었는데, 어린 딸이 그걸 보고는 "아빠는 왜 없어?" 그렇게 물은 거야. 그래, 애들은 스티커 좋아하잖아. BK 딸 생각에는 아빠도 같은 야구 선수고 메이저리거인데 캐릭터 스티커 없는 게 이상한 거지. 그 순간, BK의 가슴속에서 뭔가 뜨거운 것이 올라왔나 봐. 마침 국내 구단에서 러브콜도 있었고. 그래서 식품회사도 찾아갔던 거래. 10승 얘기도 BK가 먼저 제안했대. 사실 그 회사는 캐릭터 빵 안 만든 지 오래돼서 회의적이었는데, 요즘 야구 인기가 하도 좋으니까 BK 성적 보고 생각해보자 했던 거고. 그렇지, 확실히 찍기로 한 것도 아닌데 그렇게 열심히 던졌던 거야. 딸에게 보여주고 싶어서.

그나저나 야구도 끝났고 이제 무슨 재미로 사냐? 걸그룹? 하하하. TV나 보자. 어, 야구하네. BK다. 뭐야, 투 스트라이크 쓰리 볼? 저 땀 좀 봐라. 우리가 사랑해 마지않는 투혼의 땀방울. 마지막 공 하나. 와인드 업. 퍽. 삼진 아니야? 주심이 왜 콜을 안 하지? 잠깐, 포수 미트에 공이 아닌 것 같은데. 혹시…… 빵?

은소정

고려대학교 문예창작학과 졸업. 2012년 『매일신문』
신춘문예 당선. 문학충전소 동인.
jully1313@nate.com

스마트소설
박인성
문학상

후 보 작

이 숙 경

한 말씀만
하소서

인　물
스마트소설
박 완 서

친애하는 **정혜 엘리사벳**.

5월의 향기가 만발한 평창동 언덕을 휘적휘적 올라가고 있는 나를 지금 보고 계십니까?

마흔아홉 살 사내의 인생에 **그래도 해피엔드**를 만들기 위해 이토록 고군분투하는 모습을요?

나는 바람난 아내를 찾고 있어요. 아니면 병든 아내랄까.

영인문학관. 그곳에는 엄마의 말뚝이라는 제목으로 당신의 1주기 추모 전시회가 열리고 있다지요? 그곳에 가면 혹시 아내를 만나지 않을까 하는 실낱 같은 희망이 이 가파른 언덕을 힘들게 올라가게 만드는군요.

벌써 일 년 넘게 **어떤 나들이**를 떠난 아내가 나에게 다시 돌아와 주기만 한다면 **참을 수 없는 비밀** 한 가지쯤 지니고 있다 한들 대수겠습니까. 아내 몰래 **지렁이 울음소리**를 낼망정 참아낼 수 있습니다. 어느 순간부터 아내는 미쳐 있던 것이 분명하니까요. 정확하게 말한다면 당신의 부음이 세상에 알려진 작년 1월 22일 일 겁니다.

아내의 나이가 서른아홉에서 마흔으로 넘어가던 작년 겨울 어느 **휘청거리는** 오후였습니다.

여느 날처럼 일찍 들어온 나는 TV앞에 아들과 나란히 앉아 치킨을 뜯고 있는데 아내가 들어왔습니다. 행방을 알리지도 않고 **겨울 나들이**를 다녀온 아내의 볼이 이상스레 상기되어 있었습니다. 딱히 추위 때문만은 아닌 것 같았습니다.

"추운데 연락도 없이 어딜 갔던 거야? 어서 같이 먹자구."

"아, 더 이상 참을 수 없어! **여느 날처럼 일찍 들어와서 따뜻한 아랫목에 누워서 연속극과 조청을 맛있게 맛있게 먹는 게 남편인 건** 어쩔 수 없다손 치더라도 그게 장차의 내 아들인 것은 도저히 참을 수 없다고!"

갑자기 미친 듯이 고함을 지르는 아내의 눈빛은, 내가 잘못 본 것일까요, 알 수 없는 모독감까지 느껴질 정도였습니다. 당시는 그 말이 바로 당신 소설의 한 대목이라는 것은 짐작도 못했습니다. 아내는 치킨과 곁들여 배달된 생맥주를 선 채로 콸콸 따르더니 그대로 원샷을 하더군요. 그러더니 느닷없이 이렇게 선언하는 것이었습니다.

"나는 지금 **어느 이야기꾼의 수렁**에 빠져 들었어. **못 가본 길이 더 아름답**다니 이제부터라도 그 못 가본 길을 가볼 테야."

아내의 눈빛에 일렁이던 **어떤 야만**을 나는 해석할 도리가 없었습니다. 그녀의 **어떤 나들이**가 당신의 영정 앞에 국화꽃 한 송이 놓고 온 것이라는 것은 내가 알 턱이 있나요. 그날 아내는 그 어떤 **욕망의 응달**에서 뛰쳐나온 듯했습니다.

아시겠습니까? 단란하고 평화로운 **서울 사람들**의 중산층 삶을, 누구나 바라는 우리 가족의 안정된 삶을, 도저히 참을 수 없다고 비명을 지르게끔 충동질한 분이 바로 당신이란 말입니다.

마흔. 그 어느 것에도 미혹당하지 않아야 할 그 나이에 아내가 미친 듯 빠져들던 그 길은 당신이 1970년 이미 개척해 놓은 길이었더군요. 40세 평범한 가정주부 **박완서**, 박수근의 일화를 그린 **나목**으로 늦깎이 등단하다! 대체 어쩌자고 당신은 그 나이에 화려하게 등단하여 가정밖에 모르던 아내의 허파에 바람을 불어넣었단 말입니까.

아내는 변했습니다.

늘 단정하게 차려입고 조신하게 나의 시중을 들던 그녀였는데 대체 어찌된 일일까요. 전교 일이등을 다투던 아들의 성적이 곤두박질쳐도, 주식이 잘못되어 재산의 반이 뭉텅 날아갔는데도, 부적절한 관계라도 가진 것처럼 일부러 외박을 해도 눈 하나 깜빡하지 않는 것이었습니다. **모든 인간관계 속**

엔 위선이 불가피하게 개입하게 돼 있어. 꼭 필요한 윤활유야, 이런 소리나 하면서.

아내의 내부에서 일어난 반란의 의미를 나는 알 수 없었습니다. 하지만 **어른 노릇 사람 노릇**을 거부한 인간이 소설을 쓴다니 말이 됩니까? 나도 알만큼 알고 있으므로 당신의 첫 수상 소감을 들이댔습니다.

"어쩌면 서투른 글을 쓰기 위해 서투른 아내, 서투른 엄마가 되려는 거나 아닐까? 그럴 수는 없다. 좋은 글을 쓰고 싶다. 계속 좋은 주부이고 싶다. 나는 이 두 가지에 악착 같은 집착을 느낀다."

흥. 내 말을 듣는 둥 마는 둥 하면서 당신의 글을 필사하던 아내가 코웃음을 쳤습니다. 자타가 공인하는 자상한 남편과 착한 아들이 있는 집은 단지 **꿈꾸는 인큐베이터**였을 뿐, **집 보기는 그렇게 끝났다**나요. 작가이며 주부의 역할을 완벽하게 수행한 당신이 아내에게 제발 뭐라고 말 좀 해주십시오. 소설가는 아무나 되는 것은 아니라고요.

변한 것은 그뿐이 아니었습니다.

평소 종교와 무관하던 아내의 손가락에 묵주 반지가 반짝이더니 간간이 성당으로 달려가는 눈치였습니다. 그런가 하면 어느 날인가는 문득 자신을 **정혜 엘리사벳**으로 불러달라고 하는 것입니다. 당신의 세례명을 빌려서라도 당신의 작가 혼을 자신 속에 집어넣으려는 얄팍한 수작이겠지요. 아내는 할 수만 있다면 당신의 이름까지도 차용하고 싶었을 것입니다. 호박이 줄 긋는다고 수박되나. 속으로 그렇게 비웃으면서도 나 역시 자꾸 당신의 책에 손이 가는 것은 어찌된 일인지 모르겠습니다.

어느 날, 그 **여자네 집**을 읽고 있는 나를 보고 아내가 말했습니다.

"이제 다시는 **여자와 남자가 있는 풍경** 속에 당신을 넣을 수 없게 되었어. 나의 마음은 이미 **그 남자네 집**에 가 있으니까."

그 남자라니! 아내가 혹시 첫사랑을 다시 찾은 게 아닌가 싶어 낯빛이 달라진 나를 보고 아내는 깔깔거렸습니다. **아주 오래된 농담**을 못 알아듣는다나, 어쩐다나.

그땐 미처 눈치채지 못했습니다. 언제부터인가 인터넷으로 주문한 아내의 책들이 아들의 트로피와 상장이 놓여 있던 서재의 책꽂이를 서서히 잠식해 들어갔다는 것을. 국문학을 전공한 아내가 결혼과 함께 놓아버렸던 소설가의 꿈이 당신의 부음으로 부활했다는 것을. 지금 생각인데, 차라리 아내가 첫사랑을 만났더라면 더 나았을지도 모르겠습니다.

깊은 밤 설핏 잠에서 깨어나면, 텅 비어 있는 아내의 자리는 **내가 놓친 화합**을 여실히 보여주고 있었습니다. **그 외롭고 쓸**

쓸한 밤, 주식의 동향을 체크하는 용도였던 내 노트북에 수없이 많은 한글 파일을 만들어놓고 대수로울 것도 없는 그녀의 **조그만 체험기**로 이렇게 저렇게 소설을 만들고 있는 그 허무한 작업을 훔쳐보는 저의 마음을 아시겠습니까. 어느 날 밤에는 아내의 숨죽인 **울음소리를 꿈과 같이** 듣기도 했습니다.

아내도 당신처럼 사람의 속내를 후벼 그 안에 숨은 끈질긴 욕망과 위선과 이중성을 파헤치는 그런 글을 써서, 당신처럼 늦깎이로 등단하고, 당신처럼 오래도록 소설가로 남아 **저문 날의 삽화**를 그리고 싶었겠지요.

꿈을 찍는 사진사가 있다면 아내의 마음속에 뷰 파인더를 들이대고 무엇이 보이는지 알려달라고 하고 싶었습니다. 그 속에 남편과 외아들을 몇 달 간극으로 여읜 **너무도 쓸쓸한 당신**만 자리하고 있을지 겁이 나기도 합니다만.

이 평창동 언덕은 참 가파르군요. 이런 언덕을 아내는 어떻게 올라갔을까요? 마치 소설가의 길처럼 걸음을 옮길 때마다 힘들고 숨이 가빠오는 길을 말입니다. 아직 해도 저물지 않았는데 나에게는 너무도 **기나긴 하루**처럼 느껴집니다. 저기 화환이 즐비하고 사람들이 북적이는 저곳이 아마 당신의 추모 행사가 열리는 곳인가 봅니다. 당신의 유품을 만지작거리며 여전히 **환각의 나비**를 쫓고 있을 아내를 만나게 되면 정말 물어보고 싶습니다.

그대 아직도 꿈꾸고 있는가.

묻고 싶으면서도 두렵습니다. 혹시 아내가 이렇게 대답을 하지 않을까 해서요.

"나의 가장 나중 지니인 것은 당신이 아니고, 바로 소설이었어."

아아, 어쩌면 그것은 **슬픈 해후**가 될지도 모르겠습니다.

이렇게 **떠도는 결혼**에 지친 내 말을 **마흔아홉 살**이나 먹은 어느 **시시한 사내 이야기**로 흘려듣지 마시기 바랍니다.

아, 그런데 저기 영인문학관 앞에서 몇 걸음 떨어져, 5월의 한가운데서 마치 한겨울의 헐벗은 나무처럼 **서 있는 여자,** 혹시 아내가 아닐까요?

소설가가 소설이 되어버린 흔적으로 **엄마의 말뚝**을 깊게 박아놓은 당신의 자리에 무모하게도 다시 소설의 말뚝을 박으려는 저 여자, 내 아내가 맞습니까?

소설가의 열망을 가득 담은 눈동자로 문학관을 기웃거리는 저 여자에게 다가가, 제발 정신 차리라고 **뺨**을 후려치고 싶은 나의 이 두 손으로 힘껏 박수를 치라고 당신은 말하시렵니까? 그것이 바로 **꼴찌에게 보내는 갈채**라고요?

이숙경

2006년 『매일신문』 『경남신문』 신춘문예 당선. 2009
년 소설집 『유라의 결혼식』 발간.
canna-lee@hanmail.net

스마트소설
박인성
문학상

후 보 작

이 은 선

닻

인 물

스마트소설

김 준 현

오늘은 아무도 웃지 않았다. 굳은 얼굴들이 쳐준 간단한 박수 끝에 서둘러 조명이 꺼졌다. 나는 황급히 무대 밑으로 내려왔다. 무대로 이어지는 계단 옆에 아버지가 앉아 있었다. 영혼이 바싹 태워진 기분이었다.

오 분짜리 공연이었을 뿐인데, 볼이 쑥 들어갔다. 웃기지 못한 석 달 사이에 온몸의 살이 속속들이 빠져나갔다. 이제는 겨우 오십 킬로나 될까, 말까. 아버지는 나를 만나지 않고 돌아갔다. 대신 아버지의 '말'이 담긴 봉투가 내게 도착했다. 봉투를 전하러 온 녀석은 하필이면 오늘 객석에서 기립 박수까지 받은 청량이었다. 녀석은 무안함과 뿌듯함을 동시에 지닌 얼굴로 내게 다가와 말을 생략한 채 봉투만 전해주고는 서둘러 돌아나갔다. '삼개탕이라도 사머거라. 너는 우끼다. 참이다. 그래. 그래!' 흰 봉투 바깥으로 비죽비죽 비어져 나오는 아버지의 글씨. 청량도 이것을 보았을 것이다. 녀석이 대기실 바깥에서 '오늘은 내가 쏜다'며 동료들을 이끄는 소리가 들려왔다. 대기실의 문을 여는 사람은 아무도 없었다.

나는 묵묵히 클렌징 크림을 얼굴에 바르는 일을 계속했다. 아버지가 남기고 간 봉투만이 대기실에 남아 있는 나를 건조하게 응시할 뿐이었다. 나는 봉투가 나를 바라보는 그 시선으로 거울 속의 나를 바라보고자 애썼다. 정말, 애를 쓰고 있었다.

청량은 '삼겹살'이냐 '치맥'이냐를 놓고 사람들과 '심각한' 언쟁을 벌이는 중이었다. 그들의 '심각' 속에 함께 들어가자니 아버지가 놓고 간 봉투가 보이고, 또 거울 속에 일그러진 분장을 얼굴에 얹은 채 넋 빼놓고 앉아 있는 나의 현실이 보였다. 그런 나를 염두에 둔 소리는 아니었겠지만, 청량은 '한 사람도 빠짐없이 삼겹살집으로 가야 한다'며 단원들을 계단 위로 몰아세우기 시작했다. 예민해져 있던 귀가 문밖의 기척을 모두 담아 들었다. 일 년 전까지만 해도 편의점 앞에서 맥주도 제대로 못 사먹던 녀석이, 제발 웃기는 방법 좀 가르쳐 달라며 울던 새끼가…….

나는 아버지의 봉투를 집어 들고 밖으로 나왔다. 동료들이 모여 있는 곳을 피해 뒷골목으로 숨어들었다. '그래, 그래!'는 나의 유행어였다. 겨우 한 달 남짓 사람들의 입에 오르내렸을 뿐인데, 그것도 백 석이 겨우 넘는 조그마한 극장에 올라가는 공연이었는데, 아버지가 그 말을 알고 있다니. 더욱 더 나의 온몸이, 몸속에 웅송그린 바싹 마른 나의 영혼이 잿가루가 되는 기분이었다. 영혼을 적시기 위해서라도 오늘은 좀 마셔야 했다. 사람들 여럿이 모여 앉아 먹을 수 있는 곳을 빼니 겨우 편의점 앞이었다. 길가에 놓인 조악한 화분들을 눈요기 삼아 술을 마셨다. 거리를 오가는 사람들과 각종 간판들, 찢어진 플랜카드를 쳐다보는데도 자꾸만 아버지의 글씨가 눈앞에서 알찐거렸다. 술이 들어갈수록 아버지의 글씨가 내 눈 속을 더 깊이 파고들었다. 차마 눈을 파내지 못해 술병만 비웠다. 절대로 한강 다리 따위에 올라서는 일은 없을 거라는 다짐을 하며 나를 바라보는 그 초록색 유리 눈을 쏘아보았다.

파란빛이 눈 속에 들어왔다. 눈을 떠보니 길거리였다. 내곁에 몇몇이 더 누워 잠을 자고 있었다. 마치 제 집인 것처럼 편안한 모습들이었다. 나는 모든 것을 포기하는 심정으로, 다시 잤다.

붉은빛이 눈꺼풀을 건드렸다. 더는 참지 못하고 눈을 떴다. 파랗고 붉은빛들이 눈앞에서 아버지의 글씨처럼 아른거렸다. 나도 모르게, 빛을 치우려고 손을 내저었다. 그러자 일렁이던 빛들이 내 두 손에 달싹 옮겨 붙는 것이 아닌가. 그와 동시에 내 두 손에서 빛이 뿜어져 나오기 시작했다. 너울거리는 빛 속에서 나는, 나를 보았다. 두 손 안의 나는 사람들을 웃기고 있는 중이었다. 웃겨? 웃기다니!

나는 내 손에 얼굴을 묻었다. 나를 보고 있는 사람들의 웃음 속에서 내 몸이 무럭무럭 불어나고 있었다. 살이 붙고 뼈대가 굵어져 내가 아닌 다른 사람처럼 느껴졌다. 사람들이 박장대소하는 소리가 몸에 들러붙었다. 몸이 더 불어났다. 나는 무대의 정중앙에 서 있었고, 한층 더 비대해진 몸이지만 자신감이 가득한 얼굴로 객석을 노려보았다. 고개를 돌렸을 뿐인데도, 사람들은 웃었다. 그 무대 위에 청량은 없었다.

내가 웃길수록 손 안의 빛이 광각을 잃어가고 있었다. 아, 안 돼에! 나는 마치 두 손 안으로 빨려들어가기라도 할 것 같이 야단을 떨었다. 야, 안 돼에! 나 웃기고 있단 말이야! 잠 좀 자자며 어디에선가 신발이 날아왔다. 그래도 손 안의 빛을 빼앗기지는 않았다. 눈물이 나왔다. 나는 눈물 몇 방울을 얼굴에서 떨구고 난 후, 고민이고 결단이고 할 것 없이 빛을 마셨다. 코와 눈으로, 두 귀로, 그리고 입으로 빛을 모조리 빨아들였다. 몸이 둥실, 떴다. 그리고 그 빛이 사라질까 두려워, 급기야는 두 손 가득 쥔 것들을 먹었다.

정신 차리라며 누군가 내 뒤통수를 때렸고, 정신을 차리기 싫어 나는 손 안의 것을 더 열정적으로 씹고 삼켰다. 혀로 핥고, 이로 부수고, 빛을 코로 빨아들였다. 웃길 거야, 웃길 수만 있다면! 나를 말리던 누군가의 욕설과 소란 탓에 거리에서 잠을 자던 이들이 깨어났다. 빈 술병과 신발, 온갖 쓰레기들이 내 쪽으로 날아왔다. 그래도 나는 멈추지 않았다. 빛과, 그 빛을 내던 것과, 사람들의 욕을 모조리 빨아들였다. 날이 밝고 해가 머리 위로 떠오를 때까지, 나는 손 위의 것을 먹었다. 나를 찾는 벨소리가 뱃속에서 울리는 것만 같았다.

그제야 나는, 웃기기 시작했다.

누군가를 웃긴다는 것은, 파도 위에 떠있는 것처럼 불안하고 아찔하지만, 바로 그것 때문에 행복한 일이었다. 더 높은 파도 위로 몸을 옮기고 싶기도 하고, 제 몸을 허물어가며 웃음소리를 남기는 파도 덕분에 내가 살아가야 할 이유를 조금씩 더 덧대어 갈 수 있었다. 파도에 올라설 때마다, 누군가의 웃음이 내 귀에 들릴 때마다 뱃속에 들어 있는 그것이 충전되었다.

아버지는 객석의 정중앙에 앉아 나를 바라보았다. 때로는 기립박수도 쳐주었고, 라디오에 사연을 보내기도 했다. 구구절절한 아버지의 사연이 전파를 탔다. 청취자들의 도움으로 19년째 집에 누워만 있던 어머니가 이동식 침대에 실려 공연장을 찾아왔다. 어머니가 오신다는 소리를 듣자마자 갑자기 몸이 아래로 푹, 꺼지는 듯한 느낌이 들었다. 아, 안 돼! 이러면 안 돼! 나는 하염없이 널브러지는 뱃살들을 움켜쥐고, 다급한 마음에 화장실로 뛰어들었다. 누군가 변기 위에 놓고 간 검은색 스마트폰이 보였다. 나는 내 살을 움켜쥐던 두 손을 놓고―놓자마자 살들이 풀렁풀렁 아래로 흘러내렸다― 그것을 집어 들었다.

피칠갑이 된 입술은 다행히 그날의 분장이 드라큘라였던 까닭에 오히려 더욱더 실감나게 부각되었다. 잇몸과 이빨이 부서져 피가 계속 흘러내렸다. 19년 동안이나 반신불수로 누워만 지낸 아내를 헌신적으로 간호하고, 막 빛을 보기 시작한 개그맨 아들을 둔 아버지의 사연이 텔레비전 인생극장에 방영이 되었다. 그리고 나는 그 방송국의 희극 콘서트에 출연을 해보지 않겠냐는 제의를 받았다. 남몰래 병원을 찾아가 위세척을 하던 나는 똥물까지 토해내는 와중에 그 전화를 받았다. 뱃속에 들어 있던 것들이 윙윙, 소리를 내며 충전이 되는 기분이었고, 이쯤이야 아무래도 괜찮다는 생각이었다. 드디어 기회가 온 것이었다. 그저 웃기기만 할 뿐만이 아니라 슬픈 사연도 함께 지닌 채 성실하게 살아온 개그맨으로 포장된 나는 드디어 파도 위에 우뚝 올라섰다.

나는 대본에 쓰인 '그래'를 '고뤠'로 바꿔 읽었다. 여기저기서 빵빵 터지는 웃음과 비례하여 괄약근 사이로 가스가 빵, 빵 뿜어져 나왔다. 아버지가 웃었고, 다시 쪼그라든 청량이는 어느새 내 시야에서 벗어난 지 오래였다. 나는 희극콘서트의 119가 되어 여기저기에 투입되었다. 언제, 어디서든, 방식을 구분하지 않고 무대 위로 올라갔다. 제대로 똥을 누지 못하면서 몸무게도 120킬로그램이 넘어갔다. 전국적으로 '그래'라고 쓴 후에 '고레'로 읽는 열풍이 일었다. 손 안에 스마트폰을 쥐지 않은 사람들이 없었고, 텔레비전과 스마트폰만 있다면 내 얼굴을 확인하는 것쯤이야 일도 아니었으므로, 나는 파도의 한가운데에 우뚝 올라선 서퍼처럼 뿌듯했다. 웃기지 못할 때마다 온몸을 뒤흔들고 손으로 배를 팡팡쳐서 뱃속에 든 것들을 충전시켰다. 나는 계속 사람들을 웃게 만들었다. 위장이 망가진 것쯤이야 그럭저럭 버틸 만했지만 똥이 나오지 않는 것은 다른 문제였다. 몸이 불어가는 것과 비례하여 변비도 심해져갔다.

죽어도 한이 없다며 아버지가 울었고, 그제야 나는 이제 그만 죽어도 될 것 같은 기분에 사로잡혔다. 그 와중에 어머니가 먼저 돌아가셨다. 한밤중의 교통사고 이후 19년이나 이어진 죽음의 유예 속에서 어머니가 바랐던 것은 나의 성공이었을까, 아버지의 웃음이었을까. 몸속에 장착된 스마트폰의 빛이 한꺼번에 꺼지는 듯한 충격이었다. 그래도 웃겨야 했다. 어머니의 장례식 날과 삼우제 때에는 분장을 하지 않았다. 그래도 사람들을 웃겼다. 아침 방송에 묵묵히 장례식과 삼우제를 치르는 내 모습이 나왔다. 사람들은 내 웃음과 슬픔에 깊은 공감을 해주었다. 내가 가는 곳마다 나를 찍으려고 들이민 스마트폰 때문에 먹지 않아도 이미 그것을 먹어버린 느낌이었다.

이틀을 꼬박 화장실에서 고생한 끝에 치질이 터져 나왔고, 붉게 변한 변기 속에 검고 네모난 똥 두 덩어리를 바깥으로 밀어냈다. 온갖 고생 끝에 똥을 누고 나서 나는 목 놓아 울었다. 그 덕에 살이 쑥 내렸다. 그날부터 사람들을 웃기지 못했다. 모두들 나를 안쓰러워했다. 어머니의 사연이 그 마음들을 덮어준 까닭이었다. 희극인실에서 한 달 후에 있을 방송대상의 신인상 수상자로 선정되었다는 말이 전해져왔다. 더 울어야 할지. 이쯤에서 울음을 그치고 웃어 보여야 할지 헷갈렸으나, 행복했다.

거센 파도를 가라앉힌 것은 무엇이었을까. 물 위에 떠있는 저 갈매기?(꼭 청량이 새끼 낯짝을 닮았다) 때가 되어 떠오른 햇빛? 고기잡이 어선들? 바람은 바다 쪽으로 다가들지 않았고, 내가 타고 올라설 파도도 몸을 일으키지 않았다. 파도가 없으니, 당연히 그 위에 오를 수가 없었다. 강한 파도일수록 밑으로 꺼지기 쉬운 것이었음을, 결국 모든 것을 삼켜버리는 물의 다른 이름이 파도일 뿐이라는 사실.

꼭 모든 것들이 지나가고 난 다음에야 깨닫게 되는 일들은 대체 누가 만든거야? 그냥 처음부터 좀 알려주면 안 돼?

아버지를 뵐 낯이 없어 집을 나왔다. 이틀 사이에 살이 오 킬로그람이나 빠졌다. 내 것, 남의 것 구분 없이 닥치는 대로 스마트폰 세 개를 입속에 욱여넣었다. 배를 아무리 세게 두 드려도 충전이 되지 않았다. 제조사가 달라서 그런가? 이번 엔 같은 회사에서 나온 제품으로 골라 먹었다. 말도 제대로 못하는 상황에서 다섯 개째 스마트폰을 씹어 먹다 기절해 병 원으로 실려 갔다. 신인 개그맨의 과로 소식은 병원 관계자 들의 SNS를 타고 재빠르게 타전되었다. 어머니의 초상을 치 른 지 얼마 되지 않았다는 핑계는 더 이상 먹혀들지 않았다. 억지로 CT를 찍고, 결과가 나오기 직전에 화장실을 가는 척 하고 병원을 빠져나왔다. 환자 개인의 정보는 유출되지 않았 지만 환자를 직접 본 사람의 입과 눈은 역시, 막아지질 않았 다. 고뤠 개그맨의 슬픈 몸에 관한 이야기들이 여기저기로 퍼져나갔다. 그 사이, 죽지도 않은 청량이 녀석이 어느샌가 또 돌아와 내 자리를 야금야금 제 것으로 만들어가고 있는 모양이었다.

다급했다. 조금 전에 먹은 스마트폰 덕분에 다시 변비가 시작될 조짐이 보였다. 이번에는 절대로 똥을 누지 않으리라. 죽는 한이 있어도 무대에 설 거야! 많이 먹고도 똥을 누지 못해 다시 몸이 불기 시작했다. 얼굴이 누렇게 떠서 더욱 진한 분장을 했다.

스마트폰을 쪼개 먹고 배를 아무리 두드려 보아도 전과 같은 반응은 나타나지 않았다. 다시 지나가는 파도에 휩쓸리기 싫어 나는 몸을 숨겼다. 아무도 없는 곳으로 가려고 했지만 거리에 나가면 사람들이 스마트폰부터 내 얼굴에 들이밀었다. 나는 웃었다. 남들이 웃어주지 않으니 스마트폰 속에 비친 내 얼굴이라도 웃고 있어야 하는 처지였다. 어쩐지 태어나서 처음으로 웃고 있다는 생각이 들었다. 늘 웃기는 일에 강박을 가지느라 분장 밑에 숨어 있는 진짜 얼굴을 본 기억도 별로 없다는 느낌이었다.

만날 수 있다면 태풍의 눈이라도 만나고 싶었다. 태풍이 닦아세운 파도에라도 올라설 수 있다면.

다시 걸었다. 급격하게 살이 빠지고 있는 것이 느껴졌다. 이전만큼은 아니었지만, 확실히 파도 위에 있을 때와는 다른 몸이었다. 다시 웃길 수 있을까. 나는 이제 어찌 되는 것일까. 걷고, 걷고 또 걸었다. 먹지 않았으나 견딜만 했고, 뱃속에서 손바닥만 한 어둠을 가지고 포복해 있는 것들이 서로 부딪치는 소리가 방귀처럼 새어나왔다.

여기까지는 오지 않으려고 했는데……. 한강의 물줄기가 어디에서부터 시작되어 어디쯤에서 나뉘어지고 또 어디로 흘러가는지, 이제는 알고 싶지도 않았다. 오후의 햇빛을 받는 수면 위에 수십만 개의 스마트폰이 반짝이고 있는 것만 같았다. 저 빛을 마셔볼 수 있을까? 나도 모르게 물 위로 손을 뻗었다. 물 위의 스마트폰들에서 튕겨져 나온 물빛이 내 손에 와 닿았다. 그때 누군가 내 어깨를 덥썩 잡았다. 여기서 이러면 안 된다는 말도 따라왔다. 그럼 대체 어디 가서 무얼 어쩌란 말야? 괜한 시비가 붙으려던 찰나, 노을이 사라지고 저녁이 되었다. 속엣것들이 잘못되어가고 있는지 명치끝이 찢어질 것 같이 아프기 시작했다. 식은땀이 나고, 치질로 터졌던 항문에서 피가 흘렀다. 여차하면 뛰어내릴 것 같은 마음으로 나는 한강 다리를 걷다, 서다를 반복했다. 그러다 그것을, 보았다.

거대한 빌딩 꼭대기에 놓인 S사의 LED 전광판 속에 담겨 있는 스마트폰이 나를 위해 활짝 빛을 내뿜고 있는 것이 아닌가! 수 킬로나 떨어진 곳에서도 확연하게 눈에 띄는 빛이었다. 무어라 더 말할 것도 없이 그것은 광명이고, 희망이며 나의 파도였다. 나는 뛰기 시작했다. 저것만 먹으면, 저것만 쪼개먹을 수 있다면……. 나는 있는 힘껏 달려 빌딩 옥상으로 올라섰다. 바람이 불어왔다. 울컥, 속에서 핏물이 올라왔다.

나는 전광판 쪽으로 달려가 그것을 껴안았다.

다시 웃길 수 있을 것이다.

다시 걸었다. 급격하게 살이 빠지고 있는 것이 느
다. 이전만큼은 아니었지만, 확실히 파도 위에 있을
와는 다른 몸이었다. 다시 웃길 수 있을까. 나는 ㅇ
어찌 되는 것일까. 걷고, 걷고 또 걸었다. 먹지 않으
나 견딜만 했고, 뱃속에서 손바닥만 한 어둠을 가지
포복해 있는 것들이 서로 부딪치는 소리가 방귀처럼
어나왔다.

이은선

1983년 충남 보령 출생. 한신대학교 문예창작학과 및 동 대학원 졸업. 2010년 『서울신문』 신춘문예 등단.

스마트소설
박인성
문학상

후 보 작
이 찬 옥

제논의
역설

인 물
스마트소설
제 논

그녀는 약속 시간보다 두 시간 정도 일찍 집에서 나왔다. J 선생님은 5시쯤에 일정이 끝난다고 했으니 6시쯤에나 도착할 것이었다. 그녀는 숨을 고를 시간이 필요했다. 삼십 년만의 만남이 아니던가. 지하철 출구에서 나오니 빗방울이 희부연 공기를 가르고 몇 방울씩 떨어졌다. 인파 사이로 몇 개의 우산들이 보였지만 우산을 펼치지 않고 걸어가는 사람들이 대부분이었다. 이런 비는 잠깐 후둑 거리다가 잦아들기 마련이었다. J 선생님에게는 안국역 1번 출구에서 만나자고 했다. 그 다음 행선지는 상황에 따라 정하자고 마음먹었다. 1번 출구로 나오자마자 스타벅스가 보였다. 그곳은 스타벅스가 있는 골목을 따라가면 북촌이 나오고 또 다른 방향으로는 인사동과 서촌으로 통하는 지점이었다. 인사동은 너무 번잡하고 서촌은 많이 걸어야만 한다. 그녀는 북촌으로 방향을 정하고 걸었다. 얼마 가지 않아 홍상수 감독의 영화 〈북촌 방향〉에 나왔던 '多情'이란 한정식 집이 눈에 띄었다. 문앞까지 가서 기웃거려 보았지만 선뜻 들어가고 싶은 느낌은 들지 않았다. 북촌 골목에서는 한정식이나 찻집이나 공예품을 파는 집들이 간간이 눈에 띄었다. 조금 걷다 보니 원래는 한옥으로 시작했을, 지금은 옆에 현대식 건물이 들어선 교회가 눈에 띄었다. 교회 입구에는 높다란 종루에 걸려 있는 종이 있었다. 사람들은 지나가다가 카메라로 그 종을 찍기도 했다. 교회에서 조금 올라가니 문을 닫았는지 열었는지 분간이 안 되는 출판사가 보였다. 출판사 간판은 지난 세기의 70, 80년대나 있었을 간판이었다. 파란색 바탕에 흰색으로 쓴 글자는 퇴색한 간판인데도 선명했다. 〈明文堂〉. 먼지 낀 그 집의 창으로 수십 년은 족히 되었을 책들이 쌓여있는 것이 보였다. 저 집엔 누가 살고 있는 것일까? 그 출판사는 오래된 그 골목을 지키는 정령과도 같았다.

삼십 년 전, J 선생님이 살던 골목이 저랬다. 그녀는 J 선생님을 연모하는 사춘기 소녀였다. 한겨울, 눈보라가 치던 밤이었던가. 어떤 일념으로 짠 목도리를 들고 굽이굽이 골목길을 걸어 무작정 J 선생님의 집을 찾아갔다. J 선생님은 없었고 그때 그녀의 마음속에는 오랫동안 사라지지 않을 앙금이 가라앉았다.

삼 년 전, 그녀는 어떤 걷잡을 수 없는 생각의 소용돌이에 휘말려 J 선생님을 수소문했다. 교육청에 있는 스승 찾기 사이트에 들어갔으나 그 절차가 복잡하기도 했고 딱히 명분도 없어 몇 번을 시도하다가 그만두었다. 직접 통화하는 것은 아무래도 어색했다. 삼십 년이 지났는데 그녀를 기억할까도 장담할 수 없었다. 다만 J 선생님이 어느 곳에 존재하는지만 알아도 좋을 것 같았다. 인터넷에 들어가 J 선생님의 이름을 검색했다. 동명의 모델이 있었으나 J 선생님이 모델이 될 리는 없었다. 웹문서의 인물과 책 정보에서 J 선생님의 이름이 눈에 띄었다. 초등수학교육 교재의 저자. 일단 수학과 관련되었고 선생님의 이름도 범상치는 않으니 맞겠다는 생각이 들었다. 더 자세히 들어가 약력을 보니 그 저자는 현재 교육대학의 수학과 교수였다. 세월이 얼만데 교수가 됨직도 했다. 그녀는 그 교수가 재직하고 있는 대학의 사이트로 들어가 교수요람을 보았다. J 선생님의 사진이 뚜렷하게 보였다. 한참을 요동치는 가슴을 진정시키다가 혹시나 하는 기대를 하면서 과사무실로 전화를 걸었다. 아! 그 목소리였다. 사람의 신체 기관 중에서 가장 변하지 않는 것이 무엇이냐고 하면 나는 장담하건대 목소리라 하겠다. J 선생님은 그녀를 기억하고 있었다. 아마도 그것은 그녀가 루이제 린저의 소설 〈생의 한가운데〉 속 니나가 되어 오랫동안 J 선생님께 보낸 수많은 편지 탓이 컸을 게다. J 선생님은 논개의 넋이 서린 남강이 있는 도시, 진주에 살고 계셨다. 그것도 20년 동안이

나. 감격스런 통화였다. 그 뒤로 그녀는 J 선생님과 몇 번 더 이메일을 주고받았다. 그러나 그녀는 이미 오래전 나나가 아니었다. 삶 속으로 쉴 새 없이 침투하는 다른 일들은 그녀에게서 또 J 선생님을 밀어내었다.

　삼십 년 전 그녀가 여학생이었던 시절에 J 선생님을 좋아하게 된 동기는 어떤 반동에 의한 것이었다. 그녀의 집은 그당시 시골에서 이사를 왔는데 그것은 그녀의 아버지가 농사를 질 수 없어서였다. 자손이 귀한 집 독자였던 그녀의 아버지는 험한 일을 못한다고 했다. 할아버지가 남긴 재산을 파먹고 산다고 했다. 띠동갑의 어린 엄마는 그런 아버지를 무시하고 아버지에 대한 험담을 노래처럼 불렀다. 아버지는 한량이고 무능력한 사람이라고 했다. 어쩜 그렇게 계산이 없는 삶을 사느냐고 했다. 아버지는 늘 술을 마셨다. 술을 마시면 말이 많아졌다. 말이 많아지면 딸들을 잠 못 자게 했다. 자신은 서울에서 신식 학문을 배웠으며 이렇게 썩기에는 아까운 사람이라고 했다. 시대를 잘 못 만나서 자기가 그 모양이 되었다고, 그러나 반드시 인생 역전을 할 거라고 끝없이 주절거렸다. 그 레퍼토리는 너무나 똑같아서 외울 정도였는데 아버지는 그것을 모르는 모양이었다. 그녀는 그것을 정말 이해할 수 없었다. 그녀는 은연 중에 말 많은 사람을 마음속에서 배제하고 있었다. 한 말을 또 하는 사람은 더욱 그랬다.

학교에서 국어 선생님이나 사회 선생님은 말을 참 많이 하였다. 그녀는 그런 말이 그다지 신선하지 않았다. 주로 숫자와 기호로 말하는 수학 선생님이 좋았다. 논리적이고 분명하게 떨어지는 공식과 정답이 있는 그 세계는 달라 보였다.

J 선생님에게 그녀가 다니던 중학교는 첫 부임지였다. 20대 중반의 젊은 나이였음에도 늘 넥타이를 매고 양복을 입는 단정한 차림의 사람이었다. 그 모습 또한 딱 맞아떨어지는 수학과 비슷하다는 생각을 했다. 그래서 그녀는 J 선생님을 더 좋아할 수밖에 없었다. 2학년이 된 학기 초 무렵이었을 게다. J 선생님은 아이들에게 '제논의 역설'이라는 것을 말씀하셨다. **'거북이가 먼저 출발하면, 아킬레스는 거북이를 따라잡을 수 없다'** 칠판에 그 문구를 쓰자마자 여기저기서 에, 에 하는 야유의 목소리가 터져 나왔다. "말도 안 돼요." 그 함성들 속에서 나는 그리스 신화 속의 발 빠른 영웅 아킬레스를 떠올렸고 역설이란 무엇일까에 대해 빠르게 생각했다. J 선생님이 그 '제논의 역설'인가를 얘기했을 때는 분명 어떤 목적이 있을 것이라는 것도 간파했다. 그녀는 다른 아이들과 같이 소리 지르지 않았다. 아이들의 함성이 잦아들자 J 선생님이 말씀하셨다. "그럼 왜 제논이 한 말이 말이 안 되는지를 논리적으로 얘기해 봐라." 한참 동안 교실 안에는 침묵이 흘렀다. 그녀는 망설임 끝에 손을 들었다. J 선생님은 그녀와

눈을 마주치며 말해보라는 눈짓을 보냈다. "실제로 달려보면 분명히 아킬레스가 이길 거예요." 이번에는 여기저기서 쿡쿡거리는 아이들의 웃음소리가 들렸다. 그녀는 얼굴이 붉어져 얼른 자리에 앉았다. 괜한 짓을 했다 싶었다. 그런 그녀의 마음을 헤아렸는지 J 선생님은 얼굴에 미소를 지으셨다, 그러면서 그녀가 궁금해 하던 역설에 대해 말했다. "역설은 말이 안 되기 때문에 쓸모없는 것이 아니라, 그 모순 속에 중요한 진리가 함축되어 있는 거야." 그녀가 한 대답은 너무 상식적인 수준이었지만 그렇게라도 말한 것은 그 역설이 빚은 효과라는, 잘 이해 안 되는 말씀을 하셨다. 그것이 나무람 같지는 않아서 그녀는 기분이 좋았다. 그러면서 그 당시 중학생들이 이해하기는 힘들었을 '제논의 역설'에 대한 여러 가지 반증을 말씀해주셨다. 거리와 속도의 공식과 숫자를 나열하였던 것 같은데 그것은 기억이 나지 않는다. 후에 역설의 의미를 파악한 뒤에 생각한 것은 그때 J 선생님은 그 역설에 대해 어떤 식으로든 논리적으로 반박할, 수학적인 아이를 찾았을 거라는 거다.

그러나 그녀는 그리 수학적이지 못했다. 분명 그녀의 아버지의 피가 흐르고 있었던 것이다. 그녀의 머릿속에선 끝없이 새로운 언어와 이야기가 생성되었다. 그녀는 수학이라는 학문을 좋아했지만 수학적이지 못했다. 수학을 가르치는

J 선생님을 좋아했지만 J 선생님이 좋아할 만한 것을 갖춘 것이 없었다. 수학을 잘하고 싶었지만 잘하지 못했다. 온갖 숫자와 기호가 섞여 있는 공식들이 늘 산산이 흩어져 들어왔다. 그것을 가르치는 J 선생님은 소설 속 연인이 되어 그녀에게로 다가왔다. 그녀는 J 선생님에게 마음속에서 끝없이 주절거렸다. 그것도 모자라 매일 닿지 않는 인연을 끌어당기는 소설 속 니나가 되어 편지를 썼다. 그러나 그것은 한계가 있었다. 수학 시간에 눈을 반짝이며 자신 있게 손을 들고 칠판 앞으로 문제를 풀러 나가는 그녀의 친구들에 대한 질투로 그녀의 마음은 늘 벌집처럼 쑤석거렸다. 그들에게 향한 J 선생님의 짧은 찬사와 그윽한 눈빛은 도무지 그녀에게 향하지 않았다. 매달 보는 월말고사와 중간고사, 기말고사 그 많은 시험 속에서 유독 그녀의 수학 성적은 오르지 않았다. 기말시험 직전이었을까. J 선생님은 색다른 제안을 하셨다. 지난번 시험보다 가장 많이 점수가 올라간 사람에게 선물을 주시겠다고 하셨다. 그때는 유독 일등만 돋보이는 시절이었다. 그녀는 눈이 번쩍 뜨였다. 꼭 점수가, 선물이 욕심 난 것은 아니었다. 그 기회에 제발 자신에게 흐르는 아버지의 피를 몰아내고 싶었다. 그리고 그 기회에 완전히 수학적인 인간으로 변하고 싶었다. 그리고 J 선생님에게도 수학적인 아이로 돋보이고 싶었다. 시험을 한참 앞두고부터 수학 공부에 돌입했

다. 논리적인 수학이 감성적으로 다가왔지만 그런 것은 그냥 암기를 해버렸다. 그렇게 문제가 눈에 익도록 공부를 했다. 그녀는 기말 시험에서 함정으로 낸 한 문제를 제외하고는 다 맞았다. 당연히 J 선생님이 의도한 상을 받았다. 물결무늬가 있는 파란색 오로라 만년필. 그날, 그녀의 마음은 그 오로라 만년필의 물결무늬처럼 요동쳤다. J 선생님이 그녀 곁으로 바짝 다가온 것이었다. 그것만으로도 충분했다. 그 뒤로 그녀는 그 성적을 계속 유지했으므로 그 상은 또 다른 아이에게로 돌아갔다. 수학적이지 않은 그녀가 그 점수를 이어가는 데는 피나는 노력이 필요했다. 어느 순간에는 이력이 붙어 더 이상은 점수가 떨어지지 않았다. 그러나 솔직히 말해 그녀는 수학 공부가 즐겁지 않았다. 단지 그것은 그녀가 J 선생님과 관계를 유지하기 위한 필요조건이었던 것이다.

고등학교에 올라 와서는 그녀의 마음을 사로잡을 만한 수학 선생님을 만나지 못했다. 그녀는 적당히 수학 공부를 했다. 매 수학 시간마다 교탁 위에 바커스가 놓여야만 수업을 시작하는 염소 같은, 그녀의 존재 따위에는 신경도 쓰지 않는 수학 선생님을 그녀는 증오했다. 수학 모의평가를 볼 때마다 그녀는 다시 수학의 거대한 벽에 부딪쳤다. 그녀는 고등학교 내내 수학 때문에 전전긍긍했다. 고3이 되어 입시전략을 짜야 할 무렵에는 수학 과목은 가슴 아프지만 어느 정도 접어야 했다. 대입 시험에서 월등하게 다른 과목을 잘 봤음에도 불구하고 수학 때문에 평균 점수는 낮아졌다. 통탄을 했지만 이미 어쩔 도리가 없었다. 그 뒤로 대학에서 문학을 전공하면서 수학을 할 기회는 정말 없었다. 그러나 가끔, 수학을 잘했더라면 달라졌을 삶에 미련을 가진 적도 있었다.

아침마다 들여다보는 일간지에서 우연히 '국제수학교육대회'가 우리나라 코엑스에서 열린다는 기사를 읽었다. 그녀에게는 생소한 대회에 공연히 눈길이 갔다. 세계적인 수학자들과 수학교육자들이 다 모인다고 했다. 일주일간이나 수학에 대한 세미나가 열린다고 하니 그 세계 밖에 있는 사람으로서도 꽤 흥미가 있었다. 그런데 문득, 그 대회에 참가했을지도 모르는 J 선생님이 떠올랐다. 연락이 된 지 삼 년 만에 그녀는 다시 J 선생님을 찾았다. 전화를 받은 J 선생님은 침착한 목소리 가운데서도 반가움을 드러내셨다. 그녀의 예상은 틀리지 않았다. J 선생님께서는 그 대회 참가를 위해 서울에 올라오셨으며 멀지 않은 곳에 있으니 한 번 보자는 말씀을 하셨다.

북촌 골목을 쉬엄쉬엄 돌다가 국립현대박물관 신축공사장 펜스가 쳐져 있는 삼청동 길을 걸어 나왔다. J 선생님을 만나기로 한 안국역 1번 출구 쪽으로 다시 왔다. J 선생님은 출구 쪽 가로수 나무 아래 서 계셨다. 30년의 세월이 지났지만 J 선생님의 모습은 별로 달라진 게 없는 것처럼 보였다. 그때의 여학생만 중년 아줌마가 된 것 같았다. 세월을 거슬러 숫자를 헤아려보니 J 선생님과 그녀의 나이는 띠동갑이었다. 그녀의 아버지와 엄마가 그랬던 것처럼. 수학적이지 못한 아버지와 그런 아버지에 대해서 평생 불만을 가졌던 엄마처럼. J 선생님의 목소리는 여전히 나직나직 하셨다. 수식어와 높낮이가 없는 담백한 말투도 예전 그대로였다. J 선생님과 저녁식사를 하기 위해 들어간 곳은 북촌 골목에 있는 설렁탕집이었다. J 선생님과 그녀는 설렁탕 국물과 깍두기 김치 맛을 칭찬하며 조용히 식사를 했다. 30년 만에 만난 스승과 제자의 저녁식사는 너무나 단출했다. 저녁식사 뒤에는 유리창으로 옆집 기와지붕이 보이는 이층 카페에 자리를 잡았다. "선생님이 살던 동네에도 저런 기와집이 많았었어요." 그런 말로 대화를 시작했다, 많은 것을 기억하는 그녀를 J 선생님은 신기해했다. 그녀는 처음으로 J 선생님에게 선물을 했다. 와인 칼라에 작은 도트 무늬가 규칙적으로 들어간 넥타이였다. 넥타이를 고르면서 그 선물은 왠지 수학적이라는 생각이 들었다. 그날은 옛 선생님을 30년 만에 만나는 날이니 집안 식구들에게 많이 늦을 것이라 하고 나왔는데 J 선생님은 시간이 흐르자 이제 집에 들어가야 하지 않겠냐고 걱정을 하셨다. 하나의 어긋남이 연속적으로 부정적 결과를 초래

하는 수학적 법칙에 익숙해진 삶을 사서서 그런 것일까? 북촌 길을 다시 돌아 나와 안국역으로 왔다. 선생님은 어두운 가운데 가방에서 무언가를 꺼냈다. 일부러 준비한 것은 아니지만 선물이라고 했다. '국제수학교육대회'에서 제작한 머그컵이었다. 그 머그컵에는 제논이라는 수학자가 그려져 있었다. 그 사람이 말했다는 역설도 쓰여 있었다. **'거북이가 먼저 출발하면 아킬레스는 거북이를 따라잡을 수 없다'** 무언가를 말하고 싶었지만 그녀는 아쉬운 마음을 접고 J 선생님이 내미는 손을 잡았다.

　J 선생님이 지하철역 입구로 들어가고 그녀는 버스 정류장이 있는 종로 쪽으로 걸으면서 그녀가 J 선생님에게 말하려고 했던 것을 곰곰이 생각했다. 그리고 나직이 중얼거렸다. 〈제논의 역설〉에 대해서 다시 반박하고 싶어요. 오래전에는 그렇게 대답했죠. 실제로 달려보면 아무리 늦게 출발했어도 발 빠른 아킬레스가 이긴다고. 아니요. 거북이가 이길 수도 있어요. 거북이가 느리다고 꼭 지는 것만도 아니죠. 역설 속에 숨어있는 모순을 찾아 꼭 그것을 수학적으로 증명해야만 하는 것은 아니잖아요. 이성으로는 믿기 어려운 것을 그냥 순수하게 받아들일 수도 있는 거잖아요. 신앙처럼. 그건 그냥 사는 차원이 다르기 때문이라는 생각이 들어요. 그래서 사람마다 결과도 다르게 나타나죠. 그때는 눈에 보이는

것만을 봤어요. 지금은 보이지 않는 것들 속에도 수많은 진리가 숨어 있다는 것을 압니다. 이제 전 그냥 제논의 역설 속에서 살고 싶습니다. 제논의 거북이가 되고 싶습니다. J 선생님, 수학적이진 않지만 제가 그동안 꽤 철학적이 되지 않았나요?' 그녀는 가방 속에서 J 선생님이 선물로 준 머그컵을 꺼내 오래오래 들여다보았다.

J 선생님이 지하철역 입구로 들어가고 그녀는 버스
류장이 있는 종로 쪽으로 걸으면서 그녀가 J 선생
게 말하려고 했던 것을 곰곰이 생각했다. 그리고 ㄴ
이 중얼거렸다. '〈제논의 역설〉에 대해서 다시 반
고 싶어요. 오래전에는 그렇게 대답했죠. 실제로 ㄷ
보면 아무리 늦게 출발했어도 발 빠른 아킬레스가 ㅇ
다고. 아니요. 거북이가 이길 수도 있어요. 거북이기
리다고 꼭 지는 것만도 아니죠. 역설 속에 숨어있는
순을 찾아 꼭 그것을 수학적으로 증명해야만 하는 ㄱ
아니잖아요. 이성으로는 믿기 어려운 것을 그냥 순ㅇ
게 받아들일 수도 있는 거잖아요. 신앙처럼.

이찬옥

2003년 『문학나무』에 단편소설 「집」으로 등단. 2009
년 소설집 『티파니에서』 출간. 현재 용인 수지도서관
문학파견작가로 〈생활글쓰기〉 강의 중.
lchanok@naver.com

스마트소설
박인성
문학상

후 보 작

이 채 형

산골 나그네

인 물
스마트소설
김 유 정

1

　역사(驛舍) 밖으로 길손 하나가 걸어 나왔다. 조금 전에 멈추었다 떠난 경춘선 전철에서 내렸으리라. 그런데도 그는 마치 타임머신에서 막 내려선 사람처럼 몹시 생경하고 막막한 얼굴이었다. 그는 그런 모습으로 자신이 방금 빠져 나온 역사를 올려다보았다. 김유정역. 우아하고 말끔한 한옥 건물은 개통된 지 얼마 되지 않은 복선 전철에 맞춰 새로 들어선 모양이었다. 그러고 보면 낯설 만도 했으나 그의 막막한 모습은 꼭 그 때문만은 아닌 듯했다. 그의 얼굴에 잠시 복잡한 표정이 떠올랐다. 그것은 놀라움 같기도 하고, 기쁨 같기도 하고, 부끄러움 같기도 하고, 슬픔 같기도 하면서 그 모두를 합쳐 놓은 것 같기도 했다.

　한참 뒤 길손은 역두를 벗어나 마을 쪽으로 걸어갔다. 마을 안쪽에서 개 한 마리가 달려 나오더니 짖지도 않고 그냥 지나쳤다. 그는 여전히 막막한 얼굴이었지만 마을에 대해서

만은 꽤 익숙한 듯했다. 그는 잠시 걸음을 멈추고 오랜 기억을 더듬듯 아득한 시선으로 마을 이쪽저쪽을 살펴보았다.

마을로 들어서자 초입에 돌담장으로 둘러싸인 기와집과 초가집과 정자가 나타났다. 담장 너머로 우뚝 솟은 동상도 보였다. 길손은 그 앞의 정문으로 다가가서 문루의 처마 밑에 걸린 현판을 올려다보았다. 김유정문학촌. 안쪽에 현수막 하나가 내걸려 있었는데 바로 다음날 추모제가 있는 모양이었다. 그의 얼굴에 아까 역사를 올려다보았을 때처럼 복잡한 표정이 다시 떠올랐다. 대문은 열려 있었다. 잠시 주춤거리던 그의 모습이 문학촌 안으로 빨려 들어갔다.

기와집은 기념전시관이었다. 오래되어 낡은 책들과 잡지, 사진, 편지, 영상물 등이 전시되어 있었다. 전시관 옆 마당에는 연못과 정자가 있고, 작가의 동상이 서 있었다. 그리고 그 뒤쪽에 있는 초가집은 복원된 작가의 생가였다. 그것을 차례로 둘러보는 동안 길손의 표정에는 하나가 더해진 듯했다. 회한에 찬 고통의 빛이었다. 마침내 길손은 생가 옆의, 노랗게 꽃망울을 터뜨린 생강나무 앞에 털썩 주저앉고 말았다.

한참 뒤에야 문학촌을 나온 길손의 얼굴에 고통의 빛이 더욱 짙어 보였다. 그의 발길이 서두르듯 마을 위쪽을 향했다. 그는 익숙한 고샅길을 오르듯 마을길을 올랐다. 마을 뒤쪽에 산이 있고, 금병산이라는 팻말이 화살표의 형상으로 그쪽을

가리키고 있었다. 벌써 석양 나절이었다. 이른 봄날의 황혼
이 산등성이에 비껴 있었다. 그는 그것도 아랑곳없이 숨기라
도 하듯 산속으로 사라졌다.

길손이 다시 모습을 드러낸 것은 해가 지고 난 뒤 자그마
한 카페 앞이었다. 아름드리 느티나무 옆의 카페는 이름과
달리 신기하게도 옛 주막의 정취를 고스란히 간직하고 있었
다. 어둠 속으로 새어 나오는 은은한 불빛은 금방이라도 전
설 속의 이야기를 들려줄 듯한 분위기였다.

길손이 카페로 들어가 한쪽 자리에 앉자 오래지 않아 고운
은발을 가르마 타서 쪽 찐 여인이 술상을 차려 들고 나와 그
의 앞에 앉았다. 혼자 생각에 몰두해 있다가 고개를 들어 무
심코 여인을 바라보던 길손의 두 눈이 화등잔처럼 벌어졌다.

— 녹주, 당신이 여기 웬일이오?

— 누군가를 기다리고 있었지요.

— 그가 올 걸 어떻게 알았소?

— 안 오고 어쩌겠어요.

여인이 술병을 기울여 잔을 채웠다. 뽀얀 막걸리였다. 길
손은 그녀가 내려놓은 술병을 바라보았다. 술 이름이 〈봄 ·
봄〉이었다. 길손은 목이 탔던지 단숨에 술잔을 비웠다.

— 다시 만나리라곤 생각도 못했소.

― 인연이 미처 끝나지 않은 때문이겠지요.

한순간 길손과 여인은 한없이 그윽한 눈길로 서로의 얼굴을 우러렀다. 길손의 머리는 아직도 새까맣고 여인의 머리는 벌써 백설이었다. 그러나 그 흑백의 대비가 조금도 어색하지 않고 너무도 조화로웠다. 두 사람은 마치 이런 조화를 기다려 오랫동안 떨어져 있었던 사람들 같았다.

― 모든 걸 두고 떠난 이곳에서 녹주를 만나다니 운명 같소.

― 그래서 당신도 나도 어쩔 수 없이 산골나그네지요.

여인은 문득 기억 속에 남은 소설의 한 구절을 떠올리고 있었다.

산골의 가을은 왜 이리 고적할까!

앞뒤 울타리에서 부수수 하고 떨잎은 진다.

바로 그것이 귀밑에서 들리는 듯 나직나직 속삭인다.

더욱 몹쓸 건 물소리, 골을 휘돌아 맑은 샘은 흘러내리고 야릇하게도 음률을 읊는다.

퐁! 퐁! 퐁! 쪼록 퐁!

길손과 여인의 쌓인 회포는 더욱 은밀해진 불빛 속에서 끊어지듯 이어지는 대화로 풀려갔다. 그러는 사이에 어느덧 밤이 깊었는지 느티나무 꼭대기에서 부엉이가 울었다.

2

K 기자는 김유정문학촌이 가까워지자 전화로 들은 전상
국 촌장의 말이 되살아났다.

— 아무래도 선생님이 오신 것 같소.

— 선생님이라면요?

— 유정이지 누구겠소.

촌장의 말은, 추모제 행사를 취재하게 된 K 기자를 위해
꾸민 허풍이 전혀 아닌 것 같았다. 촌장은 본래 그런 허튼 사
람이 아니었다. K 기자는, 촌장이 추모제 행사에 그만큼 신
경을 쓰고 있는 때문일 거라고 혼자 짐작했다.

이번 추모제에는, 경건한 의례에 그칠 것이 아니라 축제의
마당으로 만든다는 본래의 취지에 따라 특별행사로 창극(唱
劇) 공연이 예정되어 있었다. 〈사랑의 전설〉이 그것인데, 김
유정과 박녹주의 애절한 사랑을 창극으로 꾸민 것이었다. 불
운한 작가와 아름다운 명창의 이루지 못한 사랑은 당시에도
장안의 화제였고, 뒷날에는 예술을 사랑하는 모든 이들에게
안타까운 비련으로 자리잡고 있었다. K 기자는 그 창극을 취
재하기 위해 문학촌을 찾아가는 길이었다. 그는 새삼 두 사
람의 전설을 돌이켰다.

김유정과 박녹주의 사랑은 실은 김유정의 일방적인 짝사랑이었다. 연희전문을 다니던 스무 살 청년이 목욕을 하고 나오는 한 여인을 보고 한눈에 반하게 된다. 그녀에게서 일찍 여읜 어머니의 모습을 본 것이다. 청년의 연모는 불같지만 여인의 태도는 얼음 같다. 그녀는 소문난 명창에다 기생의 신분이다. 청년이 사랑의 편지를 수없이 보내지만 반응이 없다. 청년은 혈서까지 써서 보낸다. 그래도 여인은 요지부동이다. 청년이 찾아가 울며 매달려도 소용없다. 그런 어느 여름날 청년은 여인을 마지막으로 찾아간다. 여인이 청년을 타이른다. 지금은 학생이 아니오. 공부를 마치고 다시 찾아 주시오. 그리고 두 사람은 처음으로 멀리까지 함께 걷는다. 그것이 끝이었다.

K 기자는 두 사람의 애절한 사랑도 사랑이지만 작가 김유정과 명창 박녹주의 삶과 예술에 더 많은 흥미를 느꼈다. 단순히 문화부 기자 때문이어서만은 아니었다. 두 사람의 삶과 예술에 본인들은 전혀 생각지도 못했을 공통점이 존재하기 때문이었다. 즉, 유정의 토속어에 대한 집착과 녹주의 판소리 원형에 대한 고집은 너무도 닮은 예술혼이었다. 전자의 소설 몰입과 후자의 판소리 몰두가 두 사람의 삶에 있어서 유일한 자기구원의 수단이었다는 점에서도 너무 흡사했다. 그래서 비록 두 사람의 사랑은 이루어질 수 없었지만 그들은

숙명적으로 같은 끈에 함께 묶여져 있었다. 그리고 버림을 안겨준 녹주를 잊고 자신을 일으켜 세우기 위한 몸부림이 유정의 소설이었다면, 매몰차게 내친 유정에 대한 후회와 진혼의 절규가 녹주의 소리라고 그는 생각하고 있었다.

추모제의 의례는 정해진 절차에 따라 문학촌 마당 작가의 동상 앞에서 치러졌다. 무용단의 추모무를 시작으로 동백꽃 헌화, 분향, 동백차 올리기, 고인의 약력 소개, 추모사, 추모 글 낭독 등의 순서로 이어졌다. 술을 올리는 대신 차를 바치는 것이 새로웠으나 K 기자는 이런 형식적인 의례에는 관심이 없었다. 그의 취재 목적은 특별행사인 공연에 있었다.

공연이 시작되기 전에 K 기자는 바쁜 촌장을 잠시 만났다.

— 유정이 오셨다는 건 무슨 말씀입니까?

— 내 느낌이지만 분명한 것 같소.

— 공연을 보시려고 오셨을까요?

— 어쩌면.

촌장은 유정의 신도답게 너무도 진지한 모습이었다. 그래서 K 기자는 일부러 가볍게 물었다.

— 자신의 실패한 사랑을 확인하시려고?

— 실패가 아니라 완성이겠지.

촌장은 본래도 진중하지만 오늘은 더욱 그래 보였다.

— 무슨 계시라도 있었나요?

— 편지 위에 눈물 자국이 나 있었소.

— 편지라면?

— 유정의 마지막 편지 말이오.

그 편지는, 김유정이 폐결핵과 싸우다가 죽기 직전에 친구 안회남에게 보낸 것이었다. 실제로 피를 토하면서, 피를 토하듯 쓴 편지였다. K 기자는 그 편지의 사연을 욀 정도였다.

나는 참말로 일어나고 싶다. 지금 나는 병마와 최후 담판이다.

홍패가 이 고비에 달려 있음을 내가 잘 안다.

나에게는 돈이 시급히 필요하다. 그 돈이 없는 것이다.

촌장과 헤어지자 K 기자는 전시관으로 가서 편지의 눈물 자국을 직접 확인해볼까 하다가 그만두었다. 어쩐지 촌장의 진정을 의심하는 듯한 느낌 때문이었다. 어쩌면 눈물 자국 같은 것은 없는지도 모른다. 그렇다고 해도 촌장의 유정에 대한 사무침이나 촌장이 이 추모제에 쏟고 있는 정성과는 아무런 관계가 없었다.

공연은 생가의 마당에서 벌어졌다. 유정과 녹주로 분한 배우들의 열연과 창이 잘 어우러진 숙연한 무대였다. 노란 생강나무꽃이 내려다보는 마당에서 유정과 녹주의 슬픈 사랑이 절절한 창으로 이어지면서 서러서리 관객들의 가슴에 쌓여 갔다.

공연이 이어지는 동안 K 기자는 촌장의 말이 옳았다는 것을 깨달았다. 유정과 녹주의 사랑이 그의 말대로 마침내 완성되어 가는 것을 생생히 실감하고 있었다. 지금 두 사람이 다시 만난다면 그들은 두 손을 꼭 잡고 있을 것임에 틀림없었다.

K 기자는 자신도 모르게 주위를 둘러보았다. 어쩌면 유정과 녹주가 여기 어디 관객들 사이에 섞여 있을지도 몰랐다. 그러나 그의 눈에 두 사람의 모습은 띄지 않았다. 대신 창의 한 가락이 그의 가슴을 아프게 후려쳤다.

뉘 알리 우리 사랑
눈물이로구나 눈물이로구나
뉘 알리 우리 인연
영원이로구나 영원이로구나

3

추모제를 찾았던 사람들이 모두 흩어진 저녁나절 길손과 여인이 역 플랫폼에 나란히 앉아 있었다. 다른 사람은 아무도 없었다. 두 사람은 손을 꼭 잡고 있었다.

길손이 먼저 입을 열었다.

— 마지막 그 여름날을 기억하오?

그토록 연모했던 여인과 처음이자 마지막으로 함께 걸어 갔던 까마득한 지난날을 길손은 떠올리고 있었다. 두 사람은 청계천 수표교까지 걸어갔었다.

— 야시장의 그 불빛이 아직도 선한걸요.

마침 어둠이 깔린 청계천 옆에 야시장이 서고 있었다. 여 인은, 야시장의 불빛을 하염없이 바라보던 스무 살 청년과 그 눈에 타고 있던 물기 어린 불빛이 생생하게 되살아났다.

— 불빛 속에서 두 갈래 길을 보았소. 결코 마주칠 수 없 는…….

— 나도 알았어요, 다시는 찾아오지 않으리란 걸.

두 사람 사이에 침묵이 이어졌다. 그러다가 어느 순간 여 인의 입에서 가만히 소리가 흘러나왔다.

백발이 섧고 섧다

백발이 섧고 섧네

나도 어제 청춘일러니

오늘 백발 한심하다

……

소리가 끝나자 길손이 여인의 얼굴을 들여다보며 말했다.

— 백발이 섧은 것만은 아닌 것 같소. 풍상이 있어서 더욱 아름답소.

멀리서 레일을 울리는 전동차의 바퀴 소리가 들려왔다.

이채형

1984년 『소설문학』으로 등단. 소설집 『동무』『사과나무 향기』, 전기소설 『아아 님은 가지 않았습니다』 출간. 조연현문학상, 한국소설가협회상 수상.

스마트소설
박인성
문학상

후 보 작
임 상 태

희선,
가까이하기엔
너무 먼

인   물
스마트소설
김 희 선

희선이는 여름날 백사장에 비추던 햇살처럼 빛나는 여인이
었다.

　한때 연극영화학과 후배였던 탤런트 김희선 말이다.

　속초 MT때 우리는 한 카페에 들어갔다.

　— 너 나 좋아?

　— 으응, 오빠 얼굴을 가랑이 사이에 묻고 싶어.

　무슨 대답이 이렇다니, 라고 생각할 즈음 그녀는 먼 곳으
로 달아나고 없었다.

　그럴 때면 난,

　— 잠깐! 바다를 바라봐, 라며 붙잡고 싶었지만,

　그녀는 이미 대청봉 끝자락의 촬영현장에 있었다.

이때 나는 시가 뭔가? 소설은 뭔가? 라는 생각을 했고, 과연 리얼리즘은 희대의 사기라는 사실을 깨달았다. 나는 희선이를 사랑했지만, 그녀는 나와 전혀 다른 세계의 사람이었고 감히 그것은 리얼리즘으로 포착되어질 수 없을 만큼의 거리감을 의미하는 것이었다.

너의 사랑이 무엇이었냐 묻는다면 할 말이 없다.

사랑이거나 아니거나 둘 중의 하나이거나 모두 아닐 것이다. 나는 더 이상 그녀가 진정 사랑이었는지 아니었는지조차 모르겠다. 하지만 그녀는 있었다. 항상 티브이 안에 있고 스크린 위에 있었다.

나이 사십에 이른 지금, 나는 클래식음악을 듣고 있다.

한 창녀가 왔다 갔고,

희선이는 꿈속에 잠겨 있을 것이다.

그럼 나는 뭔가?

창녀를 사랑한 것인가, 여전히 희선이를 사랑하는 것인가, 희선이를 느끼며 창녀를 사랑한 것인가?

묻기 위해 전화를 한다,

새벽 네 시…….

수화기 너머로 핸드폰 더듬는 소리가 들려온다.

— ……여……보……ㅅ

여보??

리얼한 게 좋~~다!

임상태

1968년 서울 출생. 중앙대 연극영화과 졸업. 동대학
원 연극학과에서 수학. 성균관대 대학원 공연예술학과
에서 수학. 2011년 『문학나무』 신인작품상 미니픽션
당선되어 등단.
jouet68@hanmail.net

스마트소설
박인성
문학사

후 보 작

전 이 영

젠장할
우라질

인 물

스마트소설

한 석 규

세상은 말이 많다. 그래서 그 말의 형상을 좇아 볼 것도 많다. 나는 배우다. 그래서 나는 내 캐릭터를 통해 말 많은 세상에 볼 것을 제공한다. 설정, 구상, 시간과 공간의 무대를 통해 나는 사람들이 원하는 형상이 된다. 나는 그것을 '연기한다'고 한다. 나는 배우니까.

오늘 예전의 버릇이 튀어나왔다. 대본을 받아 쥔 순간부터 내 몸은 어김없이 몸이 기억해내는 습관을 끄집어낸다. 그리고 나만 아는 그 반응, 온몸의 내가 부르르 떨고 있다. 또 다른 나를 만나게 되는 호기심과 그 이면의 우울, 고통과 쾌감이 동시에 일어나는 반응이다. 이번에는 그 떨림이 매우 강렬했다. 욕심나는 대본일수록 강도가 쎄진다.

사실 내 연기는 수상 경력이 말해주고 있다. 하지만 나 자신은 항상 반문한다. 눈치 빠른 사람들은 느꼈겠지만 배우 한석규의 역은 크게 두 가지 부류를 넘지 못하고 있다. 〈넘버 3〉, 〈초록물고기〉, 〈서울의 달〉 부류와 〈접속〉, 〈8월의 크리

스마스〉 정도. 밑바닥 층의 깡패도 되지 못한 양아치류와 안경을 낀 내 이미지와 목소리가 떠오르게 만드는 소외된 지식인 층. 그리고 이것저것 짜깁기 된(사실 최근까지의 내 캐릭터이다)〈쉬리〉,〈주홍글씨〉,〈이중간첩〉,〈텔미썸딩〉,〈구타유발자들〉,〈백야행〉……. 그러고 보니 모두 형사 역이다. 젊고 지적인 첩보원, 간첩, 이중스파이, 경찰, 연륜이 지긋한 중년의 형사. 그래서 그렇게 느껴졌을 뿐인가?

그러나 이번은 달랐다. 그 떨림이 크게 나를 흔들고 있다. 울렁증을 해소라도 하듯 VCR을 켠다. 나는 연기 시작 전에 꼭 만나는 사람이 있다. 몇 해 전부터 그랬다. 누구일까? 몸은 나인데 내가 아닌 또 다른 나, 이질감이 스멀거린다. 속이 울렁거린다. 누가 들어온 것일까. 내 속의 캐릭터와 나의 거부반응, 일종의 명현현상이다. 그러나 울렁증보다 더한 반응은 반동으로 생긴 우울증이다. 심각한 상태인 것 같다. 이 우울은 내 성격에 좋지 않다. 나는 소심한 편이고 편집중까지 있다. 그렇다고 정체성을 지키려는 나와 캐릭터의 충돌을 감당 못한 적은 한 번도 없었지만.

익숙한 목소리, 혀를 날름거리며 말하던 그만의 어투…….〈베트맨, 다크나이트〉였다. 그렇다. 히스레저(Heath cliff Andrew Ledger)이다. 그는 죽었지 않은가. 단지 내 집의 와이드 스크린에서만 사는 것은 아니었나. 나는 도리질을 하며 받아들인다. 나는 조커의 분장 뒤에 숨겨진 잘 생긴 청년, 미소가 아름다운 그를 끄집어낸다. 그와 나의 연기를 의도적으로 대립시키지 않으려 했던 나처럼 내 속의 캐릭터들이 그를 몹시 질투한다. 그러나 그는 현실의 자신과 캐릭터와의 충돌을 이겨내지 못했다. 그것이 약물사고까지 이어지지 않았는가. 그가 나만 한 경력이 있었더라면⋯⋯. 나는 그가 출연한 몇 편의 영화를 본 적 있다. 〈기사 윌리엄스〉에서 중세의 기사인 그. 〈브로크백 마운틴〉에서의 게이인 그. 〈내가 너를 사랑할 수 없는 10가지 이유〉의 하이틴이었던 그.

〈브로크백 마운틴〉을 보고 그에게서 어떤 기운을 느꼈다. 아마 그때부터 그를 유심히 보았던 것 같다. 그는 캐릭터 속의 그를 사랑했다. 그리고 그를 둘러 싼 기운은 사랑으로 충만했다. 그리고 그는 결혼했다. 그것은 〈기사 윌리엄스〉의 '윌리엄스'의 이름 덕도 있었겠지만 사랑의 기운이 원인이었던 것을 그 자신은 몰랐을 것이다. 어쩌면 캐릭터를 벗어나지 못한 상태에서 미셸 윌리엄스를 사랑한다고 착각했는지도. 연기가 끝나면 연기자 한석규는 있지만 한석규가 그 캐릭터가 될 수는 없는 것이다. 그러나 그는 조커였고 조커는 히스레저가 됐다. 죽었음에도 그는 완전한 조커로 기억된다. 기억하는 것은 남겨진 사람들의 몫이다. 나는 그보다 강해야 했다. 그래야 그를 지우고 연기에 몰입할 수 있다.

나는 겉으로는 태연한 척, 진짜 연기를 하고 있지만 나는 나를 쥐어뜯고 있었다. 때마침 촬영지를 지나치는 곽경택 감독이 내 우울을 지청구한다.

"내면파는 연기스타일에 있어 우울증이 있어요." 그는 나를 얼마나 파악한 것일까. 나는 떠오르는 히스레저의 망각을 지우고 답했다.

"내면파는 연기스타일에 있어 스트레스가 있을 뿐이에요." 나도 모르게 튀어나온 솔직한 말. 그 말은 곧 세상으로 나돌게 되겠지.

〈쉬리〉 이후 점차 떨어지는 관객 수만큼 세상의 편견도 많아졌다. 어쨌든 보고 싶은 것만 보는 사람들의 습성쯤이야 익숙해졌다. 이제 내 몸의 이 떨림에 몸을 맡기려 단전에서부터 숨을 끌어낸다.

사람은 처음에는 단전으로 숨을 쉬었다고 했다. 화학물질, 스트레스, 습관들로부터 그 숨은 차츰 위로 올라와 목에까지, 그래서 숨이 다하면 목숨이 다했다고. 그 인생이 끝이라고 했던가. 연기를 시작하기 전 나는 가부좌를 하고 나와 내 캐릭터와 대면하기로 한다.

스타일리스트가 땀으로 번진 파운데이션을 스펀지로 눌

러준다. 제법 인연이 질긴 친절한 PD가 갖다 준 커피를 마저 홀짝인다.

— 권력은 참혹하지만, 하지만 소자는 다르지요.

방금 세종 역을 한 송중기의 대사가 어눌했지만 아무도 눈치채지 못했다. 어눌한 어투 또한 이방원 앞에서 나약했던 아들의 캐릭터와 맞아 떨어지긴 헌다. 감독이 내 시선을 느끼는지 내 쪽을 본다. 하지만 이내 내가 시선을 거둔다. 내가 눈에 힘을 줬더라면 감독이 송중기의 대사를 다시 가게 했을까. 아마도.

— 꼴이 그게 뭔가?

세종 원년 역의 배우와 지금의 세종인 나의 대화이다. 그러니까 내 자신과 선문답하며 자아를 드러내는 역이다.

— 무릇, 권력에는 독이 있어. 뽑지 않으면 이렇게 안으로 숨는 것이다. 그래서 권력을 안으로 감추겠다고? 오직 문(文)으로 치세를 하겠다고?

그리고 나의 히스테릭하고 자조적인 웃음. 괜찮았다. 온몸이 찌릿했으니까.

— 내가 아니라 네가 죽인 것이다.

나는 핏발선 눈으로 또 다른 세종 역의 중기를 노려본다. 내게 멱살 잡힌 그에게서 범상치 않은 기운이 전해온다.

— 이방원이 왜 이방원인가. 이도가 왜 이도인가? 그것밖

에 되지 않는 이도인 게지.

꽃미남인 송중기. 이 드라마 전에 한 번 출연한 〈성균관스캔〉들로 확 떴다. 더군다나 제법 연기 잘한다는 소리까지 듣고 있다. 배역을 잘 받은 것도 제 운이고 실력이다. 배우로서는 외모까지 실력이 될 수 있다는 말이다. 그래서 지금 내 역의 초반부를 연기하고 있다. 과거의 나, 자아의 나를 드러내는 중기의 대사가 내 가슴을 찌른다. 뭔가 다르다. 좀 전의 그것도 의도적인 연기? 그는 마치 캐릭터가 아닌 내게 반문하는 것 같다. '연기밖에 되지 않는 한석규인 게지'. 사석에서는 나를 대선배님으로 어렵게만 대하던 그가 아니다. 고단한 훈련을 한 것일까. 물론 타고난 천재란 없다. 특히 배우에게서 연기란 그렇다. 사실 나 때에는 그리 많이 배운 배우는 별로 없다. 이렇게 얘기하자면 돌 맞을 일이라 나 또한 표현하지 못한다. 요즘 배우들은 공부도 많이 한다. 그러나 비디오가 좋은 것이 더 빠르다. 저 중기처럼 캐릭터와 얼굴이 맞아 떨어지는 운까지 따라준다면 금세 스타가 된다. 그러나 오늘의 중기는 내가 외모를 중요시하지 않는 이유를 무색하게 연기까지 완벽하게 소화하고 있지 않은가.

— 아악. 그만 괴롭혀. 나 좀 내버려 둬.

아. 뭔가? 고독을 하소연하는 독백을 이렇게 넣어야 하나? 씁쓸하다. 하지만 혼자 있을 때의 세종은 세종도 아니고 고

뇌하는 한 인간일 뿐. 다양한 스펙을 가지자면 몸이 꼬이는 이런 연기도 필요하다. 모두들 숙연하다. 선배들까지 내 연기에 몰두하고 있다.

쉬는 시간, 경회루 쪽으로 팬들이 몰려온다. 내 얼굴에서는 쭈뼛거리는 미소가 배어나온다. 그러나 그야말로 아뿔싸!이다. 중기의 팬들이다. 이 고독함, 낭패감……. 씁쓸한 기분은 회복되지 않는다. 백 선배나 이 선배도 그럴지 모르겠다. 내가 갖는 이 기분 말이다.

나는 매서운 시선에 가슴이 아려온다. 이방원 역의 선배가 나를 쏘아보고 있다. 마치 조금 전 신(Scene)에서 내가 중기의 멱살을 잡았던 것처럼 선배도 나를 옥조이고 있다. 연기로서 대선배이며 이만한 포스를 갖춘 배우는 드물다. 물론 연기 잘하는 선배는 많지만 선배가 연기하면 그 캐릭터가 원래부터 그랬을 것 같은 자신만의 스타일을 만들었다. 자기 아우라가 분명한 사람이다. 그러나 거기까지다. 미친 듯이 연기하지 않으면 백 선배처럼 중용의 길이 된다. 안정된 연기, 안정된 배우, 안정된 위치. 하지만 백 선배도 오늘은 다르다. 내 속의 이와 대적할 만한 상대가 되기 위한 방편이 본능적으로 생긴 걸까. 선배의 눈매가 매섭다.

"컷!"

6회째 세종 역을 맞췄다. 나는 안도의 한숨을 쉬었다. 사실 백 선배보다 이방원의 캐릭터에서 헤어 나오기 힘들었다. 배우들이 연기가 끝났더라도 감정수습이 끝날 때까지 기다려 주는 묵언의 룰이 있다. 감정이 격해 평상으로 돌아오는 데 걸리는 시간이다. 내게서는 캐릭터를 누르고 나로 돌아오는 시간이다. '수고했어' 눈매의 힘은 빠졌으나 분장 때문인지 백 선배의 눈은 말과 달리 나를 계속 노려보고 있다. 나는 이방원을 의식했다. 그가 분장실로 들어가는 것을 보고 나서야 다리에 힘이 빠진다.

"한석규 씨, 장소도 같고 마침 배우도 있는데 7회째 한 컷만 마저 가지?"

좀체 하지 않는 권유지만 많은 후배들이 나를 보고 있다. 어쩌면 내가 백 선배를 의식하듯 후배들의 텔레파시가 나를 향해 있다는 것을 감지한다.

나는 호흡을 고르고 조연출의 지시대로 앉는다.

— 누구도 믿을 수 없다면 내 어찌 경을 믿을 수 있단 말이오? 그렇다면 내 선친께서는 대감을 믿은 줄 아시오? 하하. 법과 윤령을 만든 이유를 아오? 사람을 믿지 못해 그러오.

— 의심하고 헤아리고 가늠하셔야 할 겁니다. 전하. 궁에는 벽에도 귀가 있다하지 않습니까? "그럼 선배는 벽을 믿습니까?"

모두들 파 하고 웃는다.

잘해왔다. 이젠 마무리다. 내 속에 있는 이놈을 끌어내야
한다.

— 사람을 믿으니 죽이라 하는구나. 이래저래 왕이란 사
람을 죽이는 자리였나 보다. 내가 가장 사람을 죽이고 싶었
던 그때가 언제인지 아느냐? 내 자신을 믿을 수 없을 때, 지
금이 그렇구나.

구토증이 난다. 아직 아닌데 내 속의 그가 반응한다. 중기,
백 선배, 이 선배 속의 그들이 내 속의 나를 끌어내려 한다.
아. 그들도 연기하고 있었구나.

— 떠나라.

나는 소이 역의 신세경인지 강세윤 역의 장혁인지 내 속의
그인지 모를 대상에게 소리치고 있다.

박수소리가 들려온다. 모두들의 시선이 나를 향해 있다.
조말생 역의 이 선배가 사람 좋게 웃는다. 도승지를 거쳐 종
1품 문관의 관등인 이재용 선배는 백윤식 선배 아니 이방원
의 심복이다. 아마 분장을 지우고 백 선배와 동행할 것이다.

"왜 그리 심각해?"

언제 곁에 있었는지 백 선배가 내 이마의 땀을 눌러주며
묻는다. 마치 머리를 심하게 맞은 것만 같다. 아, 그 소리는
고뇌의 표정을 한 찢어진 입술에서 나온 대사가 아닌가. 그

럼 내 속의 조커는 내가 아닌 그에게 간 것인가? 아니 처음부터 내 속의 나는 나일 뿐인가. 그렇다면 연기한 것은 진정한 나였고 나는 타고난 배우였던가. 나는 이번에는 다른 흥분으로 몸이 떨렸다. 그러나 또다시 내 몸이 반동한다.

"지랄!" 아, 그는 이도, 세종대왕이다. 그렇다면 내 속의 나는 진정 캐릭터와 하나가 된 것인가. 캐릭터의 명현현상인지 모를 대사가 자꾸 반동으로 튀어나온다.

— 이런 젠장할, 우라질!

세종이 내 속에 살아 있다. 그의 욕이 말이 된다. 말 많은 세상의 말도 그의 바람대로 글이 되고 있다.

"지랄!" 아, 그는 이도, 세종대왕이다. 그렇다면 ㄴ
의 나는 진정 캐릭터와 하나가 된 것인가. 캐릭터으
현현상인지 모를 대사가 자꾸 반동으로 튀어나온ㄷ
이런 젠장할, 우라질!

전이영

2009년 겨울 『문학나무』신인작품상에 소설 「딸꾹질」
이 당선되어 등단. 2012년 〈신예작가〉 선정.
teras365@hanmail.net

스마트소설
박인성
문학상

후 보 작

정 승 재

모든 국민께
1억씩

인　물

스마트소설

안 철 수

1000**i999**00000000

안철수의 얼굴에 미세한 주름이 잡히는 것을 나는 보았다. 그리고 얼굴빛도 약간은 붉어지는 듯하기도 했다. 펜을 쥔 그의 손에도 작은 힘이 배가되는 것도 나는 느꼈다. 그가 사인과 함께 '더불어 사는 삶'이라는 글을 쓰고 있었는데, 삶이라는 글자가 조금 굵게 '삶'이라고 써지는 것을 나는 놓치지 않았다.

아내가 한쪽 끝을 잡고 있는 책 안면에 안철수 교수가 만년필로 사인을 하고 있을 때, 나는 그에게 이렇게 물었던 것이다.

"혹시 내수경제를 살리기 위해서 모든 국민에게 1억씩 공짜로 준다는 대선공약에 대해서 어떻게 생각하시는지……."

그는 무슨 생각을 하고 있는 것일까. 그는 벌써 세 시간 넘게 계속해서 웃는 낯으로 책을 들고 서 있는 사람들에게 일일이 사인을 해주고 악수까지 했다. 그러던 그가 내 질문에

멈칫한 것이었다. 그리고 약간은 곤혹스러운 듯한 아니 조금
느닷없다는 듯한 얼굴표정을 지었다.

그의 생각을 나는 아직 보질 못했다. 책을 사고 두 시간이
지나도록 줄을 서서 기다리면서도 나는 책을 읽지 않았다.
그냥 줄을 서서 앞에 줄 서 있는 사람들의 뒤통수 모양을 보
는 것도 즐거웠고, 사인을 하는 안철수의 얼굴을 보는 것도
즐거웠다. 기존의 정치인들에게는 더 이상 기대할 것은 없다
고 단정짓던 나였다. 그 틈을 타 아내가 〈안철수의 생각〉을
읽고 있었다. 아내는 연신 '맞아, 맞아!' 하며 감탄사를 연발
했고, 얼굴에는 미소가 가득했다. 오랫만에 보는 아내의 미
소였다.

"뭔 얘기가 써 있는 데 그래?"

"가만 있어봐!"

"글쎄 뭔 얘기……."

아내가 손을 내저으며 말꼬리를 잘랐다.

"이따가 얘기해 줄게!"

아내는 어린애가 만화책이라도 읽는 것처럼 잠시도 책에
서 눈을 떼지 못했다. 안철수 교수 앞에 도착해서 우리 차례
가 되었을 때에도 아내는 책을 손에서 놓지 않았다. 어쩌면
그가 기분이 나빠진 것은 그때부터인지도 모르겠다. 아니다,
어쩌면 그때부터 기분이 좋아졌는지도 모른다.

"이리 내, 교수님 사인 받아야지!"

"가만 있어봐, 요기만 더 읽고……."

"아~! 빨리 달라니까?"

나는 아내의 손에 들린 책을 낚아챘다. 책 표지에서 그가 웃고 있었다. 책 표지를 펴고 하얀 면을 그 앞에 펼쳐 놓았다. 그는 벌써 고개를 숙이고 펜을 움직이기 시작했다. 그때 나는 문득 그에게 직접 묻고 싶은 말이 생각난 것이다. 그리고 결국 묻고 말았다.

'혹시 내수경제를 살리기 위해서 모든 국민에게 1억씩 공짜로 준다는 대선공약에 대해서 어떻게 생각하시는지…….'라고.

교보문고에서는 질의응답은 없으니 조용히 사인만 받아가라고 했다. 경호원도 꽤 여러 명 있는 것 같았다. 아무튼 나는 이 다음에 대통령이 되는 사람은 빈부격차를 줄이는 것을 최우선의 과제로 삼아야 한다고 생각했다. 그게 우리나라에서는 최고의 정의라고 생각했다. 그리고 모든 사람들이 말하듯이 경제가 살아나도록 해야 한다고 생각했다. 그런데, 경제를 살리는 방법은 소비를 늘리는 방법뿐인데, 부자들은 이미 돈을 쓸 만큼 쓰고 있으니 돈이 없어 못 쓰는 가난한 사람들이 돈을 쓸 수 있게 해야 한다고 나는 생각한 것이었다.

가난한 사람들이 돈을 물 쓰듯이 마구 쓸 수 있게 되는 상

황은 로또에 당첨되어야만 가능한 일이었다. 열심히 일해서
월급을 받아 부자가 된다는 것이 애초부터 불가능한 일이 된
것은 자본주의 속성상 당연하다. 따라서 대통령이 부자들에
게 넘쳐나는 돈을 세금으로 걷든지 아니면 조폐공사에서 돈
을 찍어내든지 좌우지간 정부가 돈을 마련해서 국민 모두에
게 1인당 1억씩만 나누어준다면, 그것은 정부가 인위적으로
모든 국민이 로또에 맞도록 하는 것이다. 그렇게 1억씩 받는
다면 부자들이야 저금을 하겠지만, 가난한 사람들은 그 돈을
쓰지 않을까? 돈이 없어서 짜장면을 못 먹던 어린아이가 탕
수육을 먹으면, 돈이 없어서 에버랜드에 놀러가지 못하던 한
가족이 에버랜드에 놀러 가면, 그게 소비가 늘어나는 것이고
결국 경제는 살아나는 것 아닐까.

　물론 이런 기사가 있긴 했다. 가난한 사람에게 돈을 주면
빚진 것을 갚으니 소비가 안 되지만, 부자에게 돈을 주면 소
비가 살아난다는, 말도 안 되는 기사를 본 적이 있긴 있다.
그러나 그 말이 틀렸다는 것을 우리는 이명박정부를 통해서
다 알지 않았는가. 정말이지 머리가 나쁜 그 이상한 기자들
을 위해서 좀 더 설명을 하면 이렇다. 그 기사의 논리대로 말
하면, 가난한 사람에게 돈을 1억씩 주면 그 사람들은 빚을 갚
는데 그 돈을 쓸 것이다. 그러면 소비는 못 하겠지. 그런데 그
돈이 누구한테 가느냐 말이다. 결국 돈을 빌려준 부자에게

그 돈이 간다는 말이다. 그러니 가난한 사람에게 돈을 줘도 결국 그 돈은 부자에게 간다는 말이 되고, 결국 가난한 사람에게 돈을 주면 소비가 살아나지 않는다는 그 기사의 논리대로 말해도 부자에게 그 돈이 갈 것이고 소비하여 경제는 살아난다는 결론이 나온다. 그런데, 그게 아니라는 그들의 말은, 부자가 빌려주고 못 받을 줄 알았던 돈을 받으면 그 돈은 쓰지 않고 저금하고, 공짜로 생긴 돈만 쓴다는 말이 된다. 정신 나간 기자의 정신 나간 기사이다. 하긴 100억 유로 소득자에게 75%의 소득세를 물리겠다는 프랑스의 프랑수와 올랑드 대통령이 정신 나간 정치인이라고 말하는 이상한 언론도 있으니 더 말해 무엇하랴.

ㅋㅋㅋ 정신나간 사람을 대통령으로 뽑은 프랑스 국민들도 모두 정신 나간 연놈들이겠네, 키키키.

정말이지 요즘 초딩들이 쓰는 말 "ㅋㅋㅋ"이다.

게다가 부자에게도 1억씩 준다는데, 왜 경제가 안 살아난다고 말하는지 도저히 알 수가 없다. 결국 가난한 사람들이 돈을 물 쓰듯이 쓰는 꼴을 못 보겠다는 심보일 뿐이다. 부자에게만 공짜 돈을 주고 가난한 사람에게는 공짜 돈을 안 줘야만 경제가 산다는 도저히 말도 안 되는 신문기사를 보고도 내가 미치지 않는다면, 그건 이미 내가 미쳤다는 것을 입증하는 증거일 뿐이다.

　안철수 교수는 내 한 마디의 질문에 즉각 '너무 좋은 대선 공약이군요. 저도 같은 공약을 하겠습니다.'라고 말할 줄 알았는데, 그가 뜸을 들이고 있다. 그가 무슨 생각을 하고 있는 것일까. 그는 좌파냐 우파냐의 문제 이전에 상식파냐 비상식파냐가 문제라고 하고, 자기는 상식파라고 했다. 그렇다면, 모든 국민에게 1억씩 나눠주면 경제가 살 수 있다는 말은, 현재의 우리나라 사람들의 고정관념에 의하면 비상식적인 말이 될 것이다. 그러나 논리적으로 보면 상식적인 말이 된다는 것이다. 왜 그러냐 하면, 지금 이 나라는 거의 모든 것이 비상식적으로 되어 있기 때문이다. 우리나라에서 대다수의 사람이 걱정하고 있는 고자살율 저출산율 현상은 현재의 삶도 비정상적이고 미래의 삶도 비상상식적일 것 같다는 생각을 단적으로 보여주고 있다고 그는 말하지 않았던가. 그런 사람이 쌈박하고 완벽한 해결책을 가르쳐주는데, 당황해한다. 나는 이해할 수 없었다.

　이런 생각을 하고 있을 때, 그의 고개가 조금씩 들리더니 들어 올려진 그의 얼굴에 묘한 미소가 지어지며 나를 쳐다보기 시작한다. 거의 동시에 그의 눈이 나의 눈동자와 마주쳤고, 그의 입꼬리가 양옆으로 조금씩 치켜올라가는 듯하다. 인중이 길다. 김수환 추기경이 생각났다.

　그가 나에게 말했다.

"저하고 20분만 이야기 할 수 있을까요?"

정승재

2002년 봄호 『문학나무』 신인작품상으로 데뷔. 소설
집 『붉은이마여자(공동작품집)』, 『내 남편이 대통령이었
으면 좋겠다』. 기타 저서 『법과 사회』. 현재 장안대학
교 교수(법학박사), 한국스포츠문화법연구소 소장, 한
국소설 편집위원.
hongjusj@hanmail.net

스마트소설
박인성
문학상

후 보 작
정 영 서

회전문에 낀
사나이

인 물
스마트소설
박 진 영

벽진영은 회전문을 통과하는 것을 좋아했다. 휙휙 돌아가는 문과 문 사이로 사뿐히 파고들었다가 빠져나갈 때마다 춤을 추는 것 같았다. 때론 빠르고 유연하게, 때론 우아하게. 일련의 동작이 매끄러운 날이면 하루 종일 기분이 좋았다. 문이 아니라 삶의 블록을 통과한 느낌이었다. 회전문을 통과하는 것은 그의 취미이면서 몸을 단련하는 일이었다. 그의 독특한 취향 때문에 그의 빌딩 회전문은 점점 빨리 돌아갔다. 여닫이문으로 들락거리는 직원들이 구시렁거렸지만 그는 신경 쓰지 않았다.

오늘도 그는 회전문 앞으로 다가갔다. 뭔가를 골똘히 생각하고 있었지만, 몸은 오랜 습관에 따라 움직였다. 춤을 추듯 문과 문 사이로 끼어들어 재빨리 걸음을 뗐다. 막 문 사이로 빠져나가려는 순간, 몸이 틈에 끼고 말았다. 문이 고장 난 건지, 그가 문의 회전을 막은 건지 알 수 없었다. 옆의 여닫이문으로 지나가던 사람이 소리쳤다.

— 벽진영 씨, 괜찮아요?

통증보다 부끄러움이 먼저였다. 짐짓 목소리 톤을 밝게
해 대답했다.

— 노, 프라블럼.

너스레를 떨며 사방을 둘러봤다. 억지로 웃음을 참는 사
람들의 표정도 그의 몰골만큼 민망했다. 배려심이 바닥난 관
객들이 휴대폰을 들이댔다. 속이 탔지만 짐짓 아무렇지도 않
은 척 환하게 웃었다. 구경하는 사람들이 점점 늘어났다. 동
물원의 원숭이가 된 기분이었다. 미소를 유지한 채 태연한
척 하느라 입가에 경련이 일었다. 어서 벗어나야 할 텐데. 회
전문을 세게 밀어 봤지만, 문은 꼼짝하지 않았다. 어느 누구
도 119로 전화해주는 사람은 없었다. 고개를 움직여 경비원
을 찾았다. 그 역시 사람들 속에서 자신을 구경하고 있었다.
가슴이 부글거렸다.

— 아저씨, 구경만 하시면 어떻게 해요.

화를 누르며 말하려니 뒷골이 홧홧했다. 그제야 경비원이
119에 전화를 했다. 구조대를 기다리는 시간이 아주 길게 느
껴졌다. 그는 생각했다. 어쩌다가 이런 일이 일어난 걸까. 오
늘따라 몸의 움직임이 너무 빨랐던 걸까, 아니면 이 문은 그
가 애용하던 회전문과 다른 체계로 움직이고 있었던 걸까.
회전문 통과라면 그가 삼십 년 동안이나 수련한 일이었다.

어떤 문이든, 얼마나 빨리 움직이든, 우아하고 아름답게 통과할 자신이 있었다. 아무리 생각해 봐도 왜 이런 일이 있어났는지 알 수가 없었다.

살다 보면, 이상한 날이 있다. 그런 날은 누가 저주라도 내린 듯 하루 종일 일이 꼬인다. 오늘이 바로 그런 날이었다. 아침에 정신이 들자마자 뭔가 잘못됐다는 느낌이 들었다. 서둘러 침대 옆 탁상시계를 봤다. 시계는 네 시 이십 분이었다. 방에 햇볕이 가득한데 그럴 리가 없었다. 급히 휴대폰을 확인했다. 여덟 시 삼십 분이었다. 삼십 분이나 늦게 일어나다니. 등에 식은땀이 흘렀다. 댄스 가수에게는 육체적 젊음을 유지하는 게 필수였다. 잠은 새벽 네 시에서 여덟 시까지. 서른 살 때, 육체의 한계를 정신력으로 넘어서기로 결심한 뒤로 늦잠을 잔 적이 없었다. 십 년 동안 길들여진 몸은 알람이 울리지 않아도 항상 여덟 시에 깨어났다. 그런 만큼 갑자기 놓친 삼십 분이 불길한 징조처럼 여겨졌다.

오늘은 바쁜 날이었다. 예능프로그램에 출연해야 하고 연습생을 뽑는 오디션도 심사해야 한다. 밤엔 마이클 잭슨 3주년 추모행사에도 참석해야 한다. 잃어버린 삼십 분을 벌충하기 위해 그는 더 빨리 움직였다. 왼쪽 서랍을 열고 영양제를 삼킨 뒤, 두 번째 서랍에서 견과류를 꺼내 들고 냉장고를 열었다. 견과류를 대충 씹고 야채주스를 마시다가 그만 사레에 들리고 말았다. 한참 콧물과 눈물을 쏟은 뒤 겨우 진정되었다. 서둘렀지만 식사 시간을 단축시키지 못했다. 오히려 오분이 더 지연되고 말았다. 마음이 더 무거워졌지만 일정대로 운동을 하고 발성연습을 했다. 뭔가 이상했다. 몸이 무겁고 목도 좀처럼 트이지 않았다. 아픈 건 아니지만 몸을 당기는 중력이 증가한 느낌이었다. 면도를 하며 생각했다. 나이 때문인 걸까. 그는 며칠 전에 마흔 살이 되었다. 거울을 보며 격려하듯 중얼거렸다. 이렇게 노력하는데, 그럴 리가 없잖아. 그는 잃어버린 삼십 분을 걱정하느라 오 분을 더 지연시켰다.

문자가 왔다. 친구였다. 'ㅋㅋ 너, 회전문에 끼었다며? 실시간 검색어 1위야.' 휴대폰으로 검색해 보니, '벽진영 돌머리, 회전문 고장내다'란 타이틀과 함께 '이마에 붉은 혹을 달고 회전문에 끼어 있는 그의 캐리커처'가 올라와 있었다. 정말 빠른 세상이었다. 한동안 흉한 몰골로 인터넷 세상을 떠돌 것을 생각하자 더욱 답답해졌다. 다시 몸부림을 쳐봤지만 진땀만 삐질삐질 났다.

— 언제가 회전문에 갇힐 거야.

진영은 불쑥 오래전에 들었던 말이 떠올랐다. 그에게 그렇게 말한 사람은 디오였다.

그는 열 살 때 아버지를 따라 미국에 간 적이 있었다. 미국이 한창 마이클 잭슨의 솔로 앨범 〈Thriller〉 열풍에 휩싸여 있을 때였다. 어느 날 그는 텔레비전에서 방송하는 마이클 잭슨의 Motown 25, 공연을 보았다. 무심히 지켜보던 그는 〈Billie Jean〉을 부르며 춤을 추는 마이클 잭슨에게 완전히 홀리고 말았다. 쿵쿵거리는 음악, 스파이 모자, 하얀 장갑, 절도 있는 춤, 스르르 뒤로 미끄러지는 문 워크에 사로잡혔다. 특히 마이클의 신들린 것 같은 표정이 머리에서 떠나질 않았다. 다음날부터 그는 춤을 추기 시작했다. 학교에 가는 대신, 카세트플레이어를 들고 공원으로 나갔다. 공원은 그처럼 춤을 연습하는 아이들로 붐볐다. 그는 마이클의 춤을 완벽하게 재현하고 싶었지만 아무리 연습해도 어설펐다. 흑인 아이들에 비해 뭔가가 부족한 것 같았다. 그날도 공원에서 혼자 춤을 추고 있었다. 갑자기 의자에 앉아 지켜보던 노인이 말을 걸었다.

─ 그렇게 동작만 연습한다고 춤이 되나.

낡은 옷, 덥수룩한 머리, 코가 빨간 흑인 노인이었다. 옆에 맥주가 든 비닐봉지까지 있어 부랑자처럼 보였다. 노인이 두려웠지만 진영은 도망칠 수 없었다. 그는 동방예의지국에서 온 아이였다. 도망치는 대신 공손하게 물었다.

─ 할아버지, 그럼 어떻게 해야 돼요?

그가 맥주를 한 모금 마신 뒤 말했다.

— 난, 할아버지가 아니라 디오야. 너 혹시 아니? 디오니소스라고. 우리 조상이야.

뻥이 센 노인이었지만 아이를 유괴할 것 같지는 않았다.

— 마이클이 너처럼 춤추면 팬들이 모두 도망갈 거야. 춤과 음악은 흥이거든.

노인은 눈을 지그시 감고 음악에 맞춰 몸을 흔들었다. 노인치곤 놀라울 정도로 몸이 유연했다. 노인의 얼굴이 아주 행복해 보였다.

— 아이에게 사기 치지 마.

갑자기 뒤에서 들린 소리에 진영은 화들짝 놀랐다. 갈색 체크무늬 재킷을 입고 책을 든 백인 노인이었다. 긴 백발을 하나로 묶어 단정해 보였다.

— 애야, 난, 플론이란다. 저 주정뱅이 말만 들었다가는 부랑자가 되기 십상이야. 모든 예술은 자기 절제에서 탄생하는 거야. 잭슨이 무대 위에서 Billie Jean을 추기 위해 평소에 얼마나 많이 연습하는지 아니? 그는 춤과 음악을 위해 다른 많은 것을 희생하는 거야. 이봐, 디오. 우리가 게리시에서 마이클을 만났을 때, 그 애가 몇 살이었지?

— 아마 네 살쯤이었을 걸. 흥을 타고난 아이였어. 그 흥을 밖으로 끌어내 준 게 우리야. 그 애가 노래를 부를 때마다 동전을 줬거든. 덤으로 우리의 순회공연 이야기도 해주고.

디오와 론은 공원 근처에 있는 낡은 캠핑카에서 살았다.
그들은 부랑자처럼 지내다가 돈이 떨어지면 기타를 들고 나
와 공원에서 공연을 했다. 그들이 연주하는 곡은 주로 마음
을 편안하게 만드는 컨트리 음악이었다. 미국에 온 지 얼마
안 되어 친구가 없기도 했고, 티격태격하면서도 붙어다니는
두 노인이 재밌기도 해서 진영은 자주 공원에 갔다. 정이 진
하게 들자 그들은 다른 도시로 떠났다. 눈물을 글썽이며 배
웅하는 진영에게 폴론이 말했다.

— 마이클 잭슨 같은 가수가 되려면 시간을 잘 활용해야
돼. 예술은 거저 얻어지는 것이 아니거든.

디오가 말했다.

— 그렇지만 삶은 즐기는 거야. 시간을 통제하려고 애쓰
면 오히려 시간에 붙들리게 돼. 시간은 회전문 같아서 너무
빨리 돌리면 빠져나올 틈이 사라져버리거든. 마음의 여유를
잃으면, 회전문에 갇히게 될 거야.

열 살의 진영이 알아듣기엔 너무 어려운 말이었다. 그저
그는 마이클 잭슨처럼 되기 위해 시간을 철저히 관리하기로
했다. 틈틈이 회전문을 통과하는 연습도 하면서.

119 구조대가 도착했다. 회전문에 낀 진영을 보자 그들도
황당한 모양이었다. 문은 쉽게 분해되었다. 진영은 문에서
풀려나자마자 시계를 봤다. 회전문에 끼어 있던 시간은 삼십

분. 아침부터 지연된 시간을 모두 합하면 백십 분이었다. 조급해진 그는 이제부터 시간을 나노 단위로 써야겠다고 생각했다. 다시, 잰걸음으로 세상을 향해 걸어갔다.

— 마이클 잭슨 같은 가수가 되려면 시간을 잘 활용
야 돼. 예술은 거저 얻어지는 것이 아니거든.
디오가 말했다.
— 그렇지만 삶은 즐기는 거야. 시간을 통제하려고
쓰면 오히려 시간에 붙들리게 돼. 시간은 회전문 ㄱ
서 너무 빨리 돌리면 빠져나올 틈이 사라져버리기
마음의 여유를 잃으면, 회전문에 갇히게 될 거야.
열 살의 진영이 알아듣기엔 너무 어려운 말이었다
저 그는 마이클 잭슨처럼 되기 위해 시간을 철저히
리하기로 했다.

정영서

2011년 『영남일보』 신춘문예 소설 당선, 동국대학교
문화예술대학원 문예창작과 재학 중.
i4we@naver.com

스마트소설
박인성
문학사

후 보 작
지 병 림

파란 그림자

인   물
스마트소설
이 지 성

아버지의 사업이 부도가 나면서 온 집안이 빚더미에 앉아버렸을 때 그 빚을 모두 감당해야 하는 것은 장남인 그였다. 아직 꿈 많은 여고생인 동생들에게 스스로 학비를 벌라고 밖으로 내몰 수는 없었다. 아버지는 그가 법관이 되기를 바라셨다. 그러나 아들이 법대에 들어갈 성적이 아니란 걸 아시고는 교사가 되어 평생 탈 없이 살기를 종용했다. 뒤늦게 교대에서 법대로 편입하긴 했지만 아버지 대신 여동생들 학비를 벌면서 어마어마한 빚을 갚아 나가려면 마음 편히 고시원에 앉아 법전을 들여다보고 있을 수가 없었다. 그는 돈을 벌어야 했다.

"저기 총각선생 하나 있는데, 빚을 산더미처럼 이고 다니니 아예 상종을 하지 마세요." 조가 신규 발령을 받았을 때, 선배 교사들은 그녀를 따로 불러내 단단히 주의를 주었다. 그럼에도 불구하고 조는 그에게 미소를 잃지 않았다. 조는 그의 교실 밖 화단에 물을 주기도 했고, 그가 약국이나 은행에 다녀올 일이 생기면 군말 없이 지성의 반 아이들을 돌봐 주었다. 조는 수업이 끝나면 잰 손동작으로 담임일지를 펼쳐 들고 무언가를 열심히 적어 넣었다. 아이들의 성적, 수업태 도, 장래희망, IQ, EQ을 기입하면서 혼자 미소를 짓기도 했 고, 가끔 고개를 돌려 창밖으로 공놀이를 하는 아이들을 킥 킥거리며 지켜보기도 했다.

"귀여운 녀석들, 장래희망을 적어 넣으라니까 죄다 대통 령에 과학자, 대학교수라고 써 났어요. 후훗! 우리 반에 은지 라고…… . 가정환경이 아주 불우한 아이가 하나 있는데, 혹 시 선생님 동네에 사는 아이 아니에요?"

은지라면 매일 밤 아직 일터에서 돌아오지 않는 엄마를 기 다리며 가로등 밑에서 검은 눈물을 흘리는 아이였다. 엄마가 올 때까지 온종일 길거리에서 공기돌을 갖고 놀았다. 그러다 하루 종일 박스를 주워다 팔던 할머니가 한 끼 식량을 구해 돌아오면 뒤늦게 라면으로 저녁을 때우는 아이였다. "아침 은 먹고 왔니?" 그러면 은지는 무슨 죄인처럼 머리를 푹 숙 인 채로 천천히 좌우로 흔들었다. 빵과 우유를 내밀면 어린 것이 소리도 없이 울면서 꾸역꾸역 부스러기 하나 남기지 않 고 먹어치웠다.

"네, 맞아요. 그런데, 은지가 왜요?"

"장래 희망이 간호사라기에 제가 한 마디 했어요. 간호사가 되려면 학비도 많이 들고, 그야말로 가시밭길이라고 말이죠. 세상이 얼마나 호락호락하지 않은지 이제 아이도 눈치챘을 거예요." 놀랍게도 그녀는 어린 은지의 무지함을 진심으로 걱정하듯 말했다.

"실은 제가 대학입시를 앞두고 간호대와 교대 사이에서 갈등을 좀 심하게 했었거든요. 성적이야 물론 간호대를 가도 충분히 합격할 수준이었지만, 교대 합격발표가 먼저 나는 바람에 그저 운명이려니 하고 받아들였죠." 그녀는 이제 고작 10살도 안 된 아이의 꿈을 담배꽁초 밟듯이 꽉꽉 짓밟은 것이 얼마나 커다란 죄인지를 모르고 있었다.

"그랬더니 아이가 뭐래요?"

"저도 멋쩍은지 한참 웃더니만, 생각을 고쳐먹고 이렇게 다시 쓰더라고요."

그녀는 아이의 생활기록부를 거꾸로 돌려 그의 가슴 앞으로 내밀었다. 거기에는 '인형공장 여공'이라고 적혀 있었다.

"꿈이란 건 현실적이어야만 하잖아요. 뜬구름 잡는 인생을 가르쳐봤자 아이들이 시간낭비만 할 게 뻔하고요. 은지 엄마가 인형공장에 다닌대요. 나중에 어른이 되면 엄마랑 사이좋게 공장에 다니면서 행복하게 살고 싶대요. 어린것이 제법 기특하죠?" 그는 대답 대신 그녀의 얼굴을 물끄러미 바라보았다.

"선생님, 자신이 원하는 꿈을 마음속으로 생생하게 그리면 정말로 그 꿈이 기적처럼 이루어져요." 그는 진지하게 그녀의 눈을 들여다보며 타이르듯 말했다. 그녀 역시 대답 대신 그의 얼굴을 물끄러미 바라보다 천천히 입술을 열었다.

"우리……. 커피나 마셔요." 쳇! 그리고 늘 다소곳이 다물어져 있던 그녀의 입술 한쪽이 홀로 치켜 올라가며 경멸에 찬 실소가 새어나왔다. 뻔한 교사월급으로 밑 빠진 독에 물을 붓듯이 빚을 갚는 것도 모자라 여동생들 학비를 대기 바쁜 주제에 이런 말을 늘어놓는 다는 것 자체가 그녀에겐 우스운 노릇이었는지 모른다. 선배 교사들의 만류에도 불구하고 그동안 애써 미소를 머금고 상대를 해 준 저의가 실은 오늘의 이런 커다란 깨달음을 선사할 기회를 자연스레 갖기 위함은 아니었을까 싶은 생각마저 들었다. 남의 집 벽을 바라보고 서서 아무렇지도 않게 소변을 보고, 지나가는 사람들을 기다렸다가 먹을 것을 구걸하는 아이들이 자글자글한 동네. 그런 세상에 살면서 팔리지도 않는 책을 쓸 작가를 꿈꾸는 일이 어디 가당키나 하냐는 식의 조소를 그는 그동안 호감이라고 믿어 왔던 것이다.

그녀는 예의 그 재빠른 손놀림으로 능숙하게 커피를 내리기 시작했다. 고소하게 내린 커피가 완성되자 만족스러웠는지 커피가 가득 담긴 머그잔을 내미는 조의 얼굴엔 예의 그

경멸어린 미소는 어느새 온데간데 없었다.

"설탕은 안 넣으시죠?" "네?" "원래 꼭 없는 사람들이 설탕 잔뜩 넣어 먹더라고요. 선생님은 안 넣으실 거죠?" 그 자리에서 설탕을 넣겠다고 우기기라도 하면, 하릴없이 쏟아지는 경멸의 눈빛을 또다시 감내해야 할 것 같았다. 그는 조가 내미는 머그잔을 그도 모르게 두 손으로 받았다. 그러자 뜨거운 커피의 열이 불길처럼 온몸을 휘감았다. 신형차로 출퇴근을 하고 매주 선 자리에 나가 맞선을 보면서 아침이면 동료 여교사들을 관객삼아 품평회를 일삼는 여자. 어느 날은 후루룩 사발면을 먹는 지성에게 다가와 이렇게 소곤거리기도 했다.

"선생님, 음식 그렇게 드시지 좀 마세요. 원래 없는 사람들이나 소리 내면서 먹는 거래요." 그리고는 초승달처럼 두 눈을 포개며 총총걸음으로 사라졌다.

지성은 자신의 월세방이 위치한 빈민가로 돌아왔다. 아직 일터에서 돌아오지 않는 부모님을 기다리는 아이들이 가로등 아래서 울고 있었다. 그 안에 여지없이 은지도 있었다. 그는 은지에게 학교에서 가져온 우유를 내밀었다. 땟국이 까맣게 얼굴을 뒤덮은 아이가 냉큼 손을 뻗어 벌컥벌컥 우유를 받아 마셨다. 아무리 노력해도 우리의 삶이 변화되지 않는다면 그것이 공평할까. 새싹 같은 아이들에게 지긋지긋한 가난을 물려받으라고 가르치는 세상이 과연 옳을까. 그는 아이가 순식간에 비운 우유곽을 건네받고는 불끈 솟아오르는 주먹을 앙다물었다.

지성의 방문 앞에는 어느 출판사 편집장으로부터 발송된 장문의 서신이 놓여 있었다. 지난번 투고한 그의 원고를 책으로 출간해보자는 답신일지도 모른다는 설렘으로 그는 그 자리에 서서 단박에 봉투를 열었다. 그러나 거기엔 이렇게 쓰여 있었다.

① 유감스럽게도 당신은 작가가 될 수 없습니다

② 그리하여 당신의 원고도 출판될 수 없습니다

③ 출판될지라도 당신의 책은 결코 팔리지 않을 것입니다

④ 그러므로 당신은 정신 차리고 초등학교 교사를 계속해야 합니다

편지의 요지인즉슨 이렇게 간추릴 수 있었다. 그는 우유곽을 쥐던 힘보다 더한 악력으로 편지를 쥐고 그 자리에 멈추어 섰다. 낮에 생활기록부에 적힌 아이의 꿈을 '간호사'에서 '인형공장 여공'으로 강등시키며 즐거워하던 조 선생의 얼굴이 떠올랐다. '선생님, 당치도 않게 작가가 다 뭐에요?

이제 그만 주제 파악 좀 하시고 지금 하는 일이나 잘 하세요!' 라고 조소하는 그녀의 얼굴이 낮은 하늘 가운데서 천둥처럼 울려퍼졌다.

이튿날 아침, 결석한 아이의 집으로 전화를 걸다가 주인집 여자와 통화를 마친 조 선생은 불평하듯 혼잣말을 했다.

"우리 반 아이 하나가 후진하는 차에 치였다네요. 그 아이네 병원비 감당할 형편도 아닌 것 같던데, 이거 또 불우아동 돕기 성금이라도 걷어야 되는 거야 뭐야. 이건 학교선생이 아니라 사계절 구세군이라니까!"

밤새 천둥 번개가 치더니만, 그 사이 은지는 돌아오지 않는 할머니를 찾겠다고 길을 나섰다가 변을 당한 모양이었다. 그 번개 안에서 지성은 걷잡을 수 없는 늪에 빠져 있느라 정작 아이의 울음소리를 듣지 못했던 것이다. 벌컥벌컥 단숨에 우유를 들이키며 때 묻은 소매로 입가를 훔치던 아이의 얼굴을 떠올리자 가슴이 먹먹해졌다. 간호사를 꿈꾸다 현실에 좌초되어 여공이 되기로 마음먹은 여덟 살 소녀. 비웃음과 멸시의 늪에 허우적거릴 때가 아니었다. 그는 은지의 부서진 꿈을 다시 맞추어주기 위해서라도 그야말로 정신을 차려야 한다고 생각했다.

"병원부터 갑시다! 우선 아이의 상태를 확인해야 하지 않겠어요?"

지성은 교무실 책상머리를 박차고 일어나 조 선생에게 으름장을 놓았다.

"누가 안 간대요? 지금 가려고 준비하잖아요!"

그렇게 말하는 조 선생은 핸드백을 챙겨든 손으로 외투를 걸치다 말고, 커피 머신에 전원을 넣어 원두커피를 내리기 시작했다.

"잠시만요, 커피 한 잔만 마시구요. 전 모닝커피 안 마시면 엔진이 안 돌아가요."

지성은 그 자리에 서서 조 선생이 하는 꼴을 가만히 지켜보고 섰다. 세상의 모든 가난한 것들은 인간이 아니다. 꿈도 꾸어서는 안 되고, 음식을 먹을 때에 절대 소리를 내어서도 안 된다. 커피에 마음껏 설탕을 넣을 수도 없다. 은지를 비롯해서 은지 엄마, 할머니 그리고 가난이 땟국물처럼 덕지덕지 발린 동네에 사는 사람 모두는 애초에 있으나 마나한 허상에 불과했다. 아무도 은지의 안위를 진심으로 걱정해주는 사람이 없었다. 그 사이 커피를 머그잔에 옮겨 부은 조 선생은 입술을 동그랗게 모아 후우후우 뜨거운 김이 모락모락 오르는 커피를 마시기 시작했다.

"아이가 죽느니 사느니 하는 마당에 커피가 넘어가세요?"

지성은 서서히 얼굴로 핏기가 몰리는 것을 느꼈지만 참을

성을 잃지 않고 다시 한 번 차분한 음성으로 말했다.

"네?"

조 선생은 하던 동작을 멈추고 두 눈을 치켜뜨며 지성을 올려다보았다. 다른 업무로 분주하던 교무실 안의 모든 교사들이 일제히 동작을 멈추는 소리가 들려왔다. 그러자 그녀는 다짜고짜 쏘아붙이기 시작했다.

"지금 선생님 동네 사는 아이라고 두둔하시는 거예요? 선생님 반 아이도 아닌데 왜 그렇게 호들갑이세요? 아, 커피고 뭐고 다 됐어요. 됐어! 저 먼저 내려가 시동 걸고 있을 테니까 따라오시든가 말든가 선생님, 마음대로 하세욧!"

어느새, 지성은 복도 계단을 내려가 출입구에서 출발 준비를 하고 있는 조 선생의 차 조수석에 올라탔다. 지성이 차문을 닫은 소리가 탁! 떨어지자 그녀는 힘차게 속력을 냈다. 운동장에서 놀고 있던 아이들이 그녀의 차창에서 흔들거리는 인형을 보자 순식간에 달려들어 차를 에워쌌다.

"얘! 더러워! 저리 가아! 차가 오면 길을 비켜야지. 어떻게 된 게 이 동네 애들은 뭐만 봤다 하면 달려들어서 구걸인지 원. 또 인형 달라고 들러붙는 것 좀 봐. 진짜 구질구질 해!"

그녀는 황급히 미용 티슈를 뽑아 창문을 닦으며 핸들을 반대로 꺾었다. 몸부림치듯 절규하는 그녀의 아우성은 마치 자

신을 향해 귀가 따갑도록 울리는 해괴한 세상의 경고음인 것
만 같았다. 그러나 아무리 생각해봐도 지성은 받아들일 수
없었다. 가난하다고 해서 꿈조차 꿀 자유를 허락하지 않는
세상은 결코 용납할 수 없다. 그것은 썩은 인간들이 기득권
을 갖기 위해 만들어낸 더러운 세상이다. 파란불이 떨어지자
그녀는 오른손을 높이 들고 횡단보도를 건너는 아이들을 향
해 연신 경적을 울려댔다. 그녀가 핸들을 거칠게 쥘 때마다
무릎 위에 놓인 지성의 두 주먹이 금방이라도 부화할 알처럼
들썩거렸다. "빨리 좀 못 지나가!" 꾀죄죄한 아이와 시꺼먼
유기견 그리고 박스를 가득 실은 할머니가 차례로 차를 가로
막고 있었다. 지성은 포효하듯 외치는 그녀의 함성에 파묻혀
생각했다. 아직 꿈을 제대로 꾸어 보지도 않은 아이를 그렇
게 만든 것은 모두가 이 허영심 많은 여자가 텅텅 빈 머리통
을 달랑거리며 선생질을 하고 있기 때문이다. 흥건한 땀이
지성의 두 손 가득 고였다. 전방의 투명한 스크린 안에 오로
지 뉘엿뉘엿 끌려가는 한 무리의 가난한 세상이 아무 저항도
없이 당하고 있었다. 퍽! 스크린이 거미줄처럼 찌그러졌다.
지성은 자신도 모르게 뻗어나간 주먹이 파괴한 세상이 일순
간에 정지한 것을 알아채고는 황급히 차문을 박차고 나왔다.
조는 영문도 모른 채 겁에 질린 얼굴로 지성이 밖으로 나가
는 것을 지켜보기만 했다. 그는 횡단보도에 멈추어 선 이들

곁으로 다가섰다. 붉게 멍든 그의 주먹 안이 아스팔트 바닥
을 바라보고 서자 누구의 세상인지 모를 그림자가 마침내 길
게 늘어졌다.

*이지성 | 빈민가에서 초등학교 교사를 하며 작가의 꿈을 키우며 마침내 15년 만
   에 무명의 설움을 딛고 크게 성공한 200만 부 베스트셀러 작가. 주요 저서로 『꿈
   꾸는 다락방』 『리딩으로 리딩하라』가 있음.

지병림

2003년 『예술세계』 신인상에 단편 「인어의 꿈」 당선.
2012년 아시아 황금사자문학상 「겨울재킷」으로 우수
상 수상. 주요발표작: 「겨울재킷」 「겨울나비」 「인어의
꿈」 「순정」 「원써머나이트」 등 다수. 주요 저서 『서른
살 승무원』 『플라이 하이』 『이런 사람 주변에 사람이
몰린다』 『행복한 투자자』. 현재 카타르항공 객실 부사
무장.
redfox219@hanmail.net

스마트소설
박인성
문학사

후 보 작
천 정 완

육식동물

인   물
스마트소설
그   녀

초식동물을 상처 내지 않고 잡는 방법은 그물밖에 없다. 하지만 초식동물은 경계심이 많다. 다가가면 특유의 경계심을 발휘하는데 초식동물이 위협을 느끼기 시작하는 대부분 방식이 바로 냄새다. 그래서 초식동물에게 가까이 다가가기 위해서는 사람의 체취를 없애야 한다. 그 방법은 상당히 까다로웠다. 타닌이 많지 않은 나무, 예를 들면 황자작나무, 소나무, 버섯 등 방향성 식물을 꺾어서 2주간 말린다. 그것을 잘게 잘라 주전자에 담고 보드카를 부어 거른 액체를 몸에 뿌려 사람의 냄새를 가릴 수 있다. 중요한 것은 스스로 버섯이나, 소나무라고 생각하는 것이다. 냄새를 지움과 동시에 자신을 잠시 지워야 한다. 다시 말해 인간이 초식동물의 경계심을 허무는 방법은 초식동물의 오감이 실체를 절대 의심하지 못하게 해야 하는 것이다. 일단 사정권 안으로 들어가면 공격은 깔끔하고 냉정해야 하며 단 한 번이라도 치명적이어야 한다. 겁이 많은 짐승일수록 상대의 틈을 잘 발견한다.

망설임은 곧 상대에게 틈이 된다. 그리고 치명상을 입은 짐승은 반드시 끝까지 추적해야 한다. 만약 치명상을 입은 짐승을 놓친다면 그 짐승은 반드시 경쟁자의 먹이가 된다. 굶주림보다 더 무서운 것이 바로 경쟁자의 몸집이 커지는 것이다.

그녀는 나와 회의할 때 늘 이 내용을 먼저 깔았다. 상대의 언론 플레이를 감지할 때도 늘 떠오르는 진보진영의 반대 여론몰이를 분석할 때도, 그녀를 위협하는 진보 언론들에 대비할 때도 그녀는 주문처럼 이 사냥법을 내게 이야기했다. 대부분 보좌관들의 실수로 노출되는 문제들이었지만 단 한 번도 그녀는 사람들에게 화를 낸 적이 없다. 그녀는 늘 주위사람들에게 믿는다고 말했다. 무리에서 이탈되지 않으려면 동료를 경계하는 만큼이나 동료를 믿는 척 해야 한다는 것이 그녀의 신념이었다.

그녀는 포크를 눈앞까지 들어 올렸다. 포크에 찍힌 것은 핏기가 채 가시지 않은 생등심이었다. 그녀는 태어난 지 보름이 되지 않은 송아지만 고집했다. 그녀는 천천히 포크에 찍힌 고기를 입속에 넣었다. 세 시간에 걸쳐서 메이크업을 한 그녀의 얼굴에 만족스러운 표정이 비쳤다. 그녀는 포크를 내려놓고 눈을 감은 채 고기 맛을 음미했다. 그 모습은 꼭 얼마 전 촬영한 포스터 사진 같았다. 그녀는 스스로 정물화 같은 자신의 이미지를 만들었다. 어린 시절 언론에 노출되면서부터 단 한 번도 변하지 않은 그녀의 미소와 늘 단정하다는 수식이 따라다니는 그녀의 스타일은 그녀의 방어도구이자 무기였다.

"좀 질기네요. 그래도 괜찮은 편이에요. 수고했어요."

그녀는 말했다. 그녀는 대중 앞에 나서기 전 꼭 생고기를 먹었다. 그녀는 그것을 꼭 잊지 말아야 할 본능이라고 설명했다. 그녀는 식욕이 왕성했다. 하지만 그녀는 다른 것은 거의 입에 대지 않았다. 커피를 포함해 간식은 일절 하지 않았고, 공식적인 만찬에서 나오는 음식들을 비롯한 모든 것들은 대부분 먹는 시늉만 했다. 하지만 그녀의 식성을 아는 사람은 거의 없었다.

그녀와 내가 처음 만난 것은 내가 다니던 대학에서 예정된 그녀의 공개강의를 막기 위한 시위 때문이었다. 동기들이 그녀가 탄 차를 둘러쌌고 나는 그녀의 차에 돌을 던졌다. 내가 경찰에 연행돼 조사를 받은 며칠 뒤 그녀는 나를 자신의 사무실로 불러들였다. 그녀는 내가 다니고 있는 학교, 내가 사귀고 있는 친구들에 대해서, 그녀는 하나에서 열까지 알고

있었다. 내가 이미 훨씬 전에 잊어버린 먼 옛날의 일까지 그
녀는 잘 알고 있었다. 나는 어쩐지 자신이 남들 앞에서 벌거
벗겨진 듯한 기분이 들었다.

"어째서 당신은 나에 대해 그렇게 잘 알고 있는 거죠?"

나는 물었다.

"내 뒷조사를 했어요?"

"아니요."

그녀가 웃었다.

"자신이 뒷조사를 당할 만큼 큰 사람이라고 생각하나
요?" 하고 그녀는 말했다.

"예측할 수 있네요. 가만히 당신을 보고 있으면 당신에 대
한 것들이 환히 보입니다."

"제 미래까지 보는 능력을 갖추고 계신가요?" 하고 나는
비꼬았다. 그러자 그녀는 소리 내 웃었다.

"당신의 미래는 보이지 않습니다."

그녀는 무표정하게 말했다. 그리고 천천히 고개를 저었
다.

"나는 당신의 미래라는 것에는 전혀 흥미가 없습니다. 정
확하게 말하면, 나에게는 당신의 미래 따위는 생각할 시간이
없습니다. 더군다나 당신은 원래 미래라는 것은 없기도 하고
요."

그녀는 말을 마치고 나를 바라봤다. 내 얼굴이 달아올랐다.

"지금 당신이 하는 것이 옳다고 생각하겠지요? 그런데 단지 과거에 단단히 봉해져 있는 반복일 뿐이지요. 저는 세상을 바꿀 겁니다. 제 아버지가 그랬던 것처럼. 모든 국민에게 미래를 선물할 것입니다."

"아무것도 바뀌지 않았습니다."

나는 말했다. 그녀가 살짝 웃었다.

"저를 찾아오게 될 겁니다."

"왜요?"

"당신은 지금 겁먹은 초식동물이니까요. 다들 그렇듯이."

나는 절대 아니라고 생각했다. 그녀의 말장난 따위에는 속지 않겠다고 다짐했다. 그리고 정확하게 3주 뒤 나는 그녀의 캠프에 내 발로 찾아가 그녀의 수행비서가 되었다. 주변에서 변절자라고 나를 비난했지만 당장 궁핍한 상황이 그 모든 것을 감수하게 하였다. 나는 그것을 어쩔 수 없다는 말로 자위했다. 그녀가 보좌관들이 참석하는 전략회의에서 정의는 나중에 세우면 된다고 말하듯, 나는 하루하루를 국민을 모시느라 고생하는 그녀를 모시며 살았다.

그녀는 또다시 고기를 입속으로 넣었다.

"자네. 여기 생활한 지 몇 년이나 됐지?"

그녀는 한입 가득 생고기를 우물거렸다.

"2년째입니다."

그녀는 손으로 잠시만이라는 표시를 하더니 물로 입속에 남아 있는 고기 찌꺼기를 넘겼다. 그녀의 입을 닦은 냅킨에 핏자국이 선명하게 남았다.

"벌써? 시간 참 빠르네. 처음 들어왔을 때 꼭 겁먹은 토끼 같았는데 지금은 꽤 날카로워 보여요."

그녀가 의미심장하게 웃었다. 나도 그녀를 따라 크게 껄껄 웃었다.

"웃음을 아껴. 성공하고 싶으면 냉철해야지요."

나는 얼른 웃음을 거뒀다. 얼굴이 화끈거렸다. 그녀는 늘 이런 식의 조언을 했다. 풀어주는 듯 강하게. 나는 그럴 때 꼭 장난스러운 고양이에게 잡힌 쥐가 된 것 같았다. 그건 다른 사람들도 마찬가지였다. 그녀의 전략은 다양했다. 대중이 무엇에 속고 있는지 정확하게 알고 있었다. 아무도 그녀를 제대로 본 사람은 없었다. 그녀는 자유자재로 자신을 마음대로 포장할 수 있었다. 그녀는 언론을 누구보다 잘 이해하고 잘 이용했다. 사람들과 자신의 적당한 거리를 조정했고, 몸에 익은 친근함과 특유의 부드러운 표정이 철저하게 자신을 지우고 있었다. 숲속에 은폐해서 목표물로 다가가는

사냥꾼처럼 인내심마저 가지고 있었다. 치명적인 것은 바로
그녀가 그 모든 것에 타고났다는 것이다.

"역시. 이 집 고기는 신선해."

그녀는 만족스러운 웃음을 지었다. 나는 생고기를 먹으면
소화가 잘되지 않지만, 고개를 끄덕였다. 그녀는 다시 많은
양의 고기를 집어 입속으로 넣었다. 그녀는 우물우물 고기를
씹었다. 한낮의 햇살이 그녀의 식탁에 고여 있었다. 나는 속
이 울렁거렸지만 간신히 참았다.

"세상에는 고기 맛을 모르는 사람들이 너무 많아요."

그녀는 포크를 내려놓으며 말했다. 뭔가 생각난 듯 그녀
의 얼굴이 굳어졌다. 그건 자신도 모르는 그녀의 당황한 얼
굴이었다. 언론에서는 그 얼굴을 고뇌하는 표정이라고 표현
했다.

"그쪽 도덕성 전략은 지금 어때요?"

"언론 특보가 아직……."

얼마 전 터진 상대의 로비사건을 확대하라는 그녀의 지시
에도 특보는 몸을 사리고 있었다. 그녀는 불만스러운 표정을
지었다.

"특보들이 너무 물러 가지고. 상대가 목을 보이면 콱 물어
야지. 프레임을 짜면 뭐해."

그녀가 포크를 내려놓았다. 210g의 생등심을 담았던 접시

는 깔끔하게 비어 있었다.

"오늘 대전이던가요?"

"예."

"유성시장인가?"

"예."

그녀는 얼굴을 한껏 구겼다가 다시 활짝 웃었다. 그녀는 반복해서 얼굴을 풀었다.

"오늘 대전 상당히 덥다는데. 얼른 다녀옵시다. 대전시장한테 미리 연락하고 달걀 던질 사람한테 시장 끝에서 대기하라고 해요. 아 그리고 검찰 쪽에 언론 특보하고 정책보좌관 계좌 내역 공개해요."

나는 고개를 끄덕이며 메모를 했다. 시장, 대전시장, 달걀. 검찰. 몇 년을 해도 이해할 수 없는 연관성이었다. 메모를 끝내고 약속된 화장 전문가를 방으로 불렀다. 미용실 실장을 포함해 세 명이 그녀에게 인사를 했다.

"내가 뭐라고 이렇게들 고생을 시켜요. 늘 수고해주셔서 감사해요."

그녀는 활짝 웃으며 말했다. 천천히 그녀는 자신을 지웠다. 그 광경을 바라보며 나는 다시 한 번 되새겼다. 초식동물을 상처 내지 않고 잡는 방법은 그물밖에 없다. 하지만 초식동물은 경계심이 많다. 다가가면 특유의 경계심을 발휘하는

데 초식동물이 위협을 느끼기 시작하는 대부분 방식이 바로 냄새다. 냄새를 지움과 동시에 자신을 잠시 지우는 것이다. 인간이 초식동물의 경계심을 허무는 방법은 초식동물의 오감이 실체를 절대 의심하지 못하게 해야 한다. 대전에서 달걀을 던지기로 한 남자에게 전화가 왔다.

천정완

2011년 『창작과비평』 신인문학상 수상.
wrongseason@gmail.com

스마트소설
박인성
문학상

후 보 작
최 옥 정

너는 나뻐

인   물
스마트소설
양 동 근

너는 잠시도 가만히 서 있지 못한다. 발을 까딱이고 손을 흔들고 입술을 실룩인다. 네버스탑 무빙맨. 백댄서에 둘러싸여 노래를 한다. 너는 누에고치에서 실을 뽑듯 몸 마디마디에서 춤을 뽑아낸다. 너에게 노래는 춤을 부르는 종소리. 핫, 네가 윙크를 하다가 씩 웃는다. 입이 지퍼처럼 벌어지면서 입술 한쪽이 올라가고 이맛살을 찌푸린다. 너는 남들처럼 웃지 않는다. 100% 웃을 줄 모른다. 50%의 웃음에다 온갖 조미료를 뿌린다. 어떻게 해도 맑게 개이지 않고 뿌연 너의 표정.

너의 말도 웃음을 닮아 삐딱하다. 껌을 씹듯 어금니로 말을 질겅거리다 뱉거나 던지거나 토해낸다. 비웃음에 가까운 추임새, 그나마 투덜거릴 때가 양호한 편이다. 욕설과 불평과 반말이 뒤섞인 아우성은 노래가 되고 랩이 되고 춤이 된다. 인간이 원래 그렇지 뭐, 하는 표정이 얼굴에 스티커처럼 달라붙어 있다. 그럼에도 불구하고 너의 입술만큼은 정말 섹시하다. 선이 뚜렷한 윗입술과 도톰한 아랫입술. 표정은 여전히 선생님 앞에 끌려가 머리를 쥐어 박히거나 반성문을 쓰는 악동 같다.

우리가 만들고 우리가 부순다고 말할 때의 너는 조금 똑똑해 보인다.

미워하는 이 없고, 부러워하는 이 없다고 말할 때는 터프해 보인다.

너는 타인의 위로가 전혀 기쁘지 않다고 한다. 춤을 추던 네가 몸을 옆으로 돌린다. 앞으로 약간 내민 턱과 콧날이 전보다 뾰족하다. 살이 좀 빠졌군. 군대생활이 힘들긴 힘들었나 보다. 군대 간다고 떠들어대는 연예인들이 역겹다는 듯, 남들 다 가는 거잖아요, 한 마디 던지고 무대에서 사라졌다가 조용히 돌아왔다. 연극과 장난이 범벅된 공연 다시 보니 반갑다. 밀리터리룩과 콧수염으로 단장한 너는 내가 제일 좋아하는 노래를 부른다. 나는 나빠.

난 나는 나빠 입장 바꿔 생각하니 나는 나빠 나빠
난 이기적 입장 바꿔 생각하니 난 이기적 기적 내버려 둬
나는 나빠 나는 나빠 나를 좀 내버려 둬 나는 나빠

어디로 튈지 모르는 자신이 두렵다고? 나한테 하는 말처

럼 들린다. 입장 바꿔 생각해서 너를 좀 내버려두라고? 미안
하지만 그럴 순 없어. 입장을 왜 바꿔야 하지? 나는 너고 너
는 난데. 춤추는 너의 몸 구석구석을 눈으로 더듬는다. 당장
달려가 철봉처럼 단단한 네 팔뚝에 매달리고 싶다. 가사는
춤에 녹고 몸의 리듬으로 살아 꿈틀댄다. 피가 시키는 춤, 숨
이 부르는 춤. 마이클잭슨과 배틀을 해도 손색없을 너의 춤.
광대와 악당과 꼴통. 그게 너야.

  '안 듣는 게 좋을걸.'

  막판에 이 노래로 너는 사람들의 입을 틀어막는다. 욕이
절반인 가사. 욕으로 랩을 만들었을 때 너의 노래는 빛을 발
한다. 양동근스러운 그 가사들이 너를 자유롭게 할까. 아닐
것이다. 너는 세상이 갑갑하다면서 점점 더 발악을 한다. 하
다못해 행복하기라도 할까? 역시 노! 넌 일부러 불행을 택한
인간이니까. 술주정으로나 할 법한 말들을 노래로 만들어 술
마실 돈을 번다. 그것도 아주 많이. 다들 부러워하지. 나처
럼. 그래서 널 지켜보지. 나처럼. 매일 밤 나는 너무나 많은
것들을 내장처럼 쏟아내는 네 목소리와 함께 잠이 든다. 잠
들기 전에 들으면 악몽을 불러들이지. 내 피가 식지 않도록
부추기는 악몽 말이야.

  이제 본론을 말해야 할 때다. 내가 이곳에서 너를 기다리
고 너를 포획하려는 이유를. 이 공연장 마지막 장소로 꽤 그

럴듯하다. 다 너 때문이야. 얼마 전, 57일 전에 넌 노래를 부르다 갑자기 환하게 웃었어. 그야말로 100%의 웃음. 그냥 웃는 게 아니라 누군가를 향해 웃어주는 미소였다. 너도 활짝 웃을 줄 아는 인간이었다니. 활짝, 그렇게 활짝. 처음 봤다.

"나쁜 놈, 이건 배신이야. 이럴 순 없어."

나는 몸을 벌떡 일으켰다. 소파에 비스듬히 기대거나 누워서 네 노래를 듣는 게 보통 때의 자세거든. 나는 뮤직비디오를 되감아 네 미소가 있는 화면을 다시 봤다. 입꼬리를 올리고 앞니 전체가 다 보이게 웃으며 넌 한곳을 본다. 아, 네 앞에 누가 있는 걸까. 너는 누구를 본 걸까. 피가 끓었다. 피가 말랐다. 저 웃음. 저걸 제거해야 해. 그때부터 나는 그 웃음을 없앨 방법을 찾아 헤맸다. 길은 한 가지, 너를 없애는 수밖에. 너는 그렇게 웃을 수 없는 인간이잖아. 그러면 안 되잖아. 축축한 음지에서 자라는 이끼처럼 비틀린 웃음으로 살아야 해. 미소나 박장대소 따윈 욕심내지마. 네 것이 아니니까. 노래를 마치고 초라하고 뻘쭘하게 돌아서는 침울한 모습. 그게 너야. 너는 딱 그 표정으로 평생 살아야 했어.

너를 처음 발견한 날을 나는 똑똑히 기억한다. 비가 왔고 좋지 않은 일이 연거푸 일어난 날이었다. 무작정 가까운 극장으로 뛰어 들어갔지. 유치하게 들리겠지만 깜깜하고 시끄러운 영화관에서 실컷 울고 싶었거든. 그렇지 않으면 누군가를, 아니면 나라도 죽일 것 같았어. 그 상황에서 무슨 영환지가 뭐 대수겠어. 수취인불명이라는 제목도 극장을 나온 뒤에야 알았으니까. 너는 그때의 너를 기억하니? 영화 속의 넌 천하의 쓰레기였지. 임시가옥으로 쓰고 있는 고물 군용버스 안에서 엄마를 마구 때리는 혼혈아. 미국 아버지한테 보낸 편지는 매번 수취인불명 도장이 찍혀 돌아오고 너는 절망의 강도만큼 엄마를 때렸지. 너와 주인공이 완벽하게 합체를 이룬 역할이었어. 이를 악물고 미친개처럼 날뛰던 그 모습은 영원히 잊지 못할 거야. 나는 어느새 울음을 그쳤고 너와 똑같은 심장박동으로 영화에 몰입했어.

그 후로 너는 소위 잘 나가는 연예인이 되었다. 너의 악이 너를 구원한 거지. 연기력, 노래와 랩, 춤 실력 모두 인정받았어. 실력이 아니라 체질이고 지랄맞은 너의 광기일 뿐인데. 너는 연기를 한 게 아니라 그냥 너를 보여준 거잖아. '내 인생 대신 살아줄 거야? 뭐가 그렇게들 궁금해?' 껌을 질겅거리며 내뱉은 이 말은 너의 브랜드가 되었다. 그래, 좋아. 존경할 순 없어도 좋아할 수는 있으니까. 혐오하면서도 끌릴 수는 있으니까. 자기네들은 도저히 입에 담을 수 없는 말들로 가사를 만들고 죽었다 깨어나도 될 수 없는 인간을 연기하는 너를 보며 대리만족하겠지.

과거의 너는 어땠나 보려고 자료화면을 뒤졌다. 대책 없는 문제아에다 무식하고 웃기는 너. 역시 훌륭한 인간은 아니었지만 개성 강한 광대였더군. 독이 있는 것들은 원래 명시성이 강한 법. 미간 사이의 주름 세 개. 나는 그 주름 때문에 너를 사랑하게 되었지. 나와 닮은 이마의 굵은 세로 주름살로 인상 쓰는 너를 보면 나는 부활한 것처럼 피가 돌기 시작한다. 뜨겁게 빠르게 미친 듯이. 공범이 된 것 같은 기분, 내가 노리는 먹이를 동시에 노려보고 있는 다른 포식자를 발견했을 때의 흥분과 긴장. 너는 나를 살게 해.

내 방의 벽을 네 브로마이드로 도배했다. 어느 각도에서 봐도 네 얼굴이 나를 내려다보고 있다. 어떤 땐 나를 옥박지르고 어떤 땐 끈끈한 눈빛으로 나를 휘감으며 유혹한다. 뭐든 다 환영이다. 네 헤어스타일의 변천사를 보는 것도 재미있다. 미용실의 스타일북 한 권은 완성할 만큼 다양하다. 검은 양복을 차려입을 때조차 레게퍼머와 선글라스로 포장하는 걸 잊지 않는다. 정상으로 평범하게 보이는 건 참을 수 없지? 너한텐 특별한 게 어울려. 넌 죽음으로 완성돼야 해. 그 죽음만은 내가 멋지게 폼 나게 장식해줄게.

조금 있다 공연을 마치고 나오면 기자들이 몰려들 거야. 네가 포토존에 서는 순간 나는 샹들리에에 연결된 줄을 잡은 손을 놓을 거다. 천장의 연결나사를 풀고 살짝 걸쳐만 놨거든. 스타에 어울리는 화려한 라스트신, 기대되지 않아? 얼마나 힘들게 거기까지 접근했는지 알면 넌 나에게 상을 주고 싶어질 거다. 딴 건 필요 없고 소원이 하나 있어. 샹들리에가 네 머리 위로 떨어져 산산이 부서지고 크리스탈 조각이 얼굴에 박힐 때 마지막으로 한번만 미소를 지어다오. 개구리를 입에 문 것 같은, 내가 사랑해 마지않는 그 미소 말이야. 부탁한다!

최옥정

2001년 단편소설 「기억의 집」으로 『한국소설』 신인상
수상. 2004년 중편소설 「식물의 내부」로 허균문학상,
2011년 장편소설 『위험중독자들』로 구상문학상 젊은
작가상 수상. 소설집 『식물의 내부』 『스물다섯 개의
포옹』, 장편소설 『안녕, 추파춥스 키드』, 포토에세이집
『On the road』.

스마트소설
박인성
문학상

후 보 작
홍 명 희

사차원

인 물
스마트소설
조 용 기

"여보, 빨리 집으로 오세요. 둘째가 죽어가요. 둘째를 잃을 것 같아요."

여의도 허허벌판에다 교회를 지으며 고생할 때였다. 목사는 마른하늘에 날벼락 같은 아내의 전화를 받고 헐레벌떡 집으로 달려갔다. 안방 침대에 둘째 아들이 혼수상태로 누워 있다.

"아버지, 살려주세요."

그땐 먹거리가 귀한 시절이었다.

"뻔, 뻔!"

번데기 장사 외침에 달려간 아이들이 번데기를 샀다. 아이들은 허겁지겁 담백질 공급원인 번데기를 먹어치웠다.

그날 학교 앞에서 번데기를 사먹은 아이들 중 두 아이는 그 자리에 쓰러져 죽었다. 강력 농약중독 번데기를 사먹은 것이었다. 다행히 목사 아들은 선한 사마리아인이 자전거에 태워서 집에 데려다주었다. 목사는 아들을 병원에 데리고 갈 경제적인 여유가 없었다. 겨우 왕진의사를 불렀다. 의사는 머리를 저었다.

"늦었습니다. 몸에 독이 다 퍼졌습니다."

목사는 기도가 제대로 되지 않았다. 기도가 하늘로 못 올라갔다.

"내가 과연 하나님을 믿는 목사인가?"

회의를 떨구고 하나님에게 매달렸다.

"이 아이를 살려주십시오, 하나님. 한 번만 살려주십시오."

전혀 아들의 맥이 잡히지 않았다. 웃옷을 벗고 넥타이를 풀고 마가복음 16장 말씀을 붙잡고 사생결단의 기도로 들어갔다.

"무슨 독을 마실지라도 해로 여김을 받지 아니하며……."

몸이 땀으로 범벅이 됐다. 십자가를 바라보고 부활의 예수를 아들 몸에 올려놓았다.

"저는 이만 살았으면 됐습니다. 절 데려가시고 어린 아들을 살려주십시오."

3시간 기도 끝에 텅! 뚫렸다. 구름과 안개가 내려오는 것처럼 성령이 오셨다. 목사는 아들이 일어날 것을 확신했다.

"사무엘…… 나사렛 예수 이름으로 일어나라!"

목사의 아들은 퉁! 소리와 함께 지구를 떠났다. 예수의 손을 잡고 엄청 아름다운 곳에 갔다. 교회에서 봤던 장로 권사 성도들이 나와서 아이를 반겼다.

"아버지는 잘 계시니?"

"예."

아이는 그곳이 너무 좋았다. 거기서 살고 싶었다. 그런데 예수가 아이의 팔을 끌었다.

"안 갈거예요."

"가야 한다. 네 아버지가 널 기도로 붙잡고 있다."

목사의 기도의 끈이 아들을 벌떡 일으켰다. 아들이 토하기 시작했다. 시커먼 독이 다 쏟아져 나왔다.

조용기 목사의 사차원 기도는 계란으로 바위를 깨뜨리는 것이었다.

홍명회

미니픽션 작가, 극동방송 인터넷 상담사.
ojesus1958@hanmail.net